国家社科基金重大项目（19ZDA295）阶段性成果

Anthology of East Asian Sinitic Poetry

东亚汉诗丛选 | 严明 主编

琉球汉诗选

Anthology of Ryukyu Sinitic Poetry

吴留营 编选

江西教育出版社
JIANGXI EDUCATION PUBLISHING HOUSE
·南昌·

赣版权登字-02-2022-252

图书在版编目（CIP）数据

琉球汉诗选 / 吴留营编选. -- 南昌 : 江西教育出版社，2022.10（2023.11重印）
（东亚汉诗丛选 / 严明主编）
ISBN 978-7-5705-1865-4

Ⅰ. ①琉… Ⅱ. ①吴… Ⅲ. ①汉诗 - 诗集 - 琉球 Ⅳ. ①I310.22

中国版本图书馆CIP数据核字（2022）第060034号

琉球汉诗选
LIUQIU HANSHI XUAN
吴留营 编选

江西教育出版社出版
（南昌市学府大道299号 邮编：330038）

各地新华书店经销
湖北金港彩印有限公司印刷
880毫米×1230毫米 32开 9印张 150千字
2022年10月第1版 2023年11月第2次印刷

ISBN 978-7-5705-1865-4
定价：60.00元

赣教版图书如有印装质量问题，请向我社调换 电话：0791-86710427
总编室电话：0791-86705643 编辑部电话：0791-86705903
投稿邮箱：JXJYCBS@163.com 网址：http://www.jxeph.com

总序

汉诗词创作源于中国，传播并流行于东亚各国，因此东亚汉诗词是源自中国的诗歌形式，同时也是属于东亚各国的传统诗歌形式。汉诗词在东亚诗歌史上长期发挥着不可或缺的作用，成为东亚各国文学史的发展基石及其社会文化的重要组成部分。本丛书所选汉诗词，即东亚各国诗人用汉语创作并遵从汉诗词格律用韵的诗词作品。其中包含古代中国周边的朝鲜、日本、琉球（今冲绳）、安南（今越南）等国诗人的佳作，但不含北方的渤海国，东南亚的缅甸、暹罗等国的汉诗词作品，因其存量极少，相关文献散佚殆尽。从东亚史的视野看，东亚汉诗词的概念既囊括了地理的因素，又代表了历史的真实存在，更具有汉字文化传播的价值。

东亚各国汉诗词创作的起讫时间有别。本丛书所取时间范围，上自公元前（朝鲜津卒妻丽玉所作《箜篌引》），下至20世纪中叶（第二次世界大战期间的日本汉诗）。东亚各国汉诗词在长期发展过程中逐渐融入本土因素，形成独特的表现内容及诗作特色，成为东亚文学传统的重要组成部分。据不完全统计，古代朝鲜汉诗总集存约40部，汉诗别集超过1000部，诗人约5000人（有些人的诗作不传,或可能只有1首或几首保存),总存诗约25万首。古代日本汉诗文集仅据日籍《汉诗文图书目录》记载,从汉诗发轫的奈良时代至汉诗衰替的明治时代，先后问世的汉诗总集与别集达769种，计2339册，保守估计日本汉诗存量约20万首。琉球王国汉诗文集留存约30余种，汉诗人100余人，存诗约4000首。古代越南汉诗文集留存620余种，汉诗人约1000余人，存诗约5万首。合计东亚汉诗总集、别集存留3000种以上，汉诗人1万人以上，存诗则在50万首以上。本丛书各分册，就是从上述丰沃土壤及丰富的文学遗产中细勘精选出来的佳作，旨在展示东亚各国汉诗词的主要风貌及艺术精华。

东亚各国社会有着关联紧密的传统文化根基，涉及儒学、佛教、官制等重要因素。汉诗词作为古代东亚各国共同的文学形式长期存在，对各国本土诗歌乃至各种文体的艺术创作影响巨大，而东亚各国汉诗人唱酬交往，艺术表现精彩纷呈，成就斐然，至今美誉不减。然而一个多世纪以来的欧风美雨，摧残着延续千年的东亚文化命脉，东亚汉诗词创作式微早成定局，无可奈何花落去，这种历史宿命是令人遗憾的。与之相关的是，对东亚汉诗词的关注和研究虽早已有之，迄今却还没有一部完整的“东亚汉诗史”问世，也没有一套完整的东亚汉诗词选本出版，这对今日想了解东亚各国汉诗发展历史及其艺术价值的读者来说，无疑是一个很大的遗憾。本丛书的编撰,就是想尽早尽力弥补这一历史缺憾,通过东亚诗词精选的方式，回顾东亚文化共同体的辉煌历程，展现东亚汉诗词佳作丰富多彩的文学成就以及出神入化的艺术境界。

东亚各国汉诗词创作兴盛达千年以上，长期占据各国文坛主流地位。在东亚各国，能够吟诗填词象征着高雅的修养和尊贵的身份。汉诗词的兴盛发展成为促进东亚各国本土歌调发展的重要因素，也成为本土文学艺术乃至社会文化传统的重要组成部分，其巨大的魅力和重要的作用，有很多是今人难以想象的。这种跨语言、跨国度、跨文化、跨时代的诗歌吟诵，在世界文学史上极为罕见，意义重大，弥足珍贵，其发展规律至今依然值得东亚学界探讨总结。

迄今为止，对东亚汉诗词的研究历程，大致可分为古代、近世及近代三个阶段。

第一阶段是古代，大致到 14 世纪末为止。汉诗来自中国，其渊源可追溯到 2500 多年前的周王朝，但其形式格律的定型还是在距今约 1500 年前的南朝到初唐时期。汉诗从中国向邻近国家地区的传播，史籍早有记载，但是东亚大规模的汉诗传播还是在盛唐之后。宋元时代通过各种方式向东亚邻国输出的汉籍数量剧增，其中有不少汉诗总集、别集，还包括各类诗话。中国对东亚各国汉诗创作情况很早就有记载，比如《汉书》就有对新罗汉诗的记载及评价。这一阶段东亚各国对汉诗的认知及写作，大体上围绕着接受中国诗歌经典而展开，基本上是心悦诚服地模仿和学习。

第二阶段是从 15 世纪到 19 世纪的东亚近世（在中国是明清时期），这是东亚汉诗词创作繁荣的黄金期。其中包括朝鲜的李氏王朝（1392—1910），日本的室町、江户时代（1336—1867），琉球王国（1429—1879），越南的后黎朝、阮朝（1428—1884）。这一时期东亚汉诗创作的时空环境变化、本土意识觉醒及本国文字的创立，影响着各国汉诗人对中国诗学传统作出不同的解读和创新，因此出现了流派纷呈、各具特色的东亚汉诗创作。在此过程中逐渐也产生出本土诗史的意识，比如江户明和八年（1771），就诞生了日本第一部具有诗史性质的诗话著作——江村北海的《日本诗史》。近世以来，东亚各国中的有识之士不断提出把官方奉若经典的汉诗文进行本土化改造的主张。比如15世纪的朝鲜李朝学者徐居正就指出："我东方之文，非宋元之文，亦非汉唐之文，而乃我国之文也，宜与历代之文并行于天地间，胡可泯焉而无传也哉？"（《东文选序》）这种对汉诗进行本民族化改造的努力，使得近世东亚各国都出现过独具特色的汉诗史观。其中较为突出的是日本江户时代后期的赖山阳，他的汉诗创作及诗论主张，都堪称近世东亚汉诗史中的佼佼者。将其诗作诗论与同时代的中国清朝、朝鲜李朝以及越南阮朝的诗人进行比较，可以发现其诗学观既是中国诗歌经典的延续，更是一种日本式的变异和发展，辨析其意可从多方面充实和拓展对中国诗学以及汉诗创作的研究。这样的比较，无论对中国诗歌还是对东亚汉诗研究，都是饶有意味和富有创意的。近世东亚各国汉诗人的交流愈加频繁，汉诗创作也有从贵族官府向市井民间扩散的趋势。清末光绪年间，俞樾编撰《东瀛诗选》，几乎把日本江户时代的汉诗佳作囊括殆尽，在中、日两国出版后引起很大的反响，成为东亚汉诗交流史上的一段佳话。

第三阶段是19世纪中叶以后的东亚近代，这是东亚汉诗词的巨变及衰落期。随着清朝的衰败和西方列强势力的侵入扩张，作为亚洲汉字文化圈中文化交流主要载体的汉诗词创作整体趋向萧条。不仅日、韩、越的文学研究者低估汉诗词的价值，中国古典文学研究界对朝鲜、日本、琉球、越南的汉诗词也长期忽视。这一现象在近三十年来逐步得到了改变。随着中国和东亚的崛起，越来越多的学者认识到，东亚汉诗具有各国本民族文学的特性和价值，更有学者超越本国汉诗的视野，重视从东亚文化交流与接受的角度拓展东亚汉诗词研究。比如日本成立了“和汉比较文学会”和“中国学研究会”，韩国有“东方汉文学会”。中国对域外汉诗的研究近年来也出现了一批具有开创性意义的研究机构和丰硕成果，比如北京大学、南京大学、延边大学、天津师范大学、浙江大学、吉林大学、南开大学、上海师范大学等高校都建立了相关研究机构，编撰出版的书目资料和论文集更是体量庞大、精彩纷呈。

总之，东亚各国对汉诗词的受容认知，经历了从全盘接受到改造创新的历程。从东亚各国诗人的创作初衷来看，汉诗词确实可视为“慕华”之风习在他们文学生活中的精彩体现。但从东亚汉诗词史角度看，东亚汉诗词创作并不能简单视为对中国诗歌的移植，而是在“中国化”的外表下呈现出其本国之心（特质）。近年来，东亚各国学者开始关注中国诗歌与东亚汉诗词的细节比较，并借此阐发汉诗词作为一种文学韵语形式，在东亚各国历史背景下所呈现出的特定社会文化蕴含。譬如就意象而言，有汉诗中常见的“潇湘八景”意象、“骑驴”意象、“杨柳”意象；就题材而言，有“士妓恋情”题材、“征夫怨妇”题材、“游仙”题材等，这些都不同程度地在东亚各国汉诗词中得到受容改编。作为“技”的汉诗，被纳入到作为“道”的形态各异的各国文学创作中，经过长期交汇，熔铸成辉煌的东亚汉诗词共同体文化，足以在世界诗歌的百花园中自成格局，争奇斗艳。

斗转星移，风云变幻。进入 21 世纪，对东亚汉诗词进行整体研究及进行相关学科建设正逢其时。在经历了古代的（恪守传统方式）、近世的（汉诗创作全面繁盛）、近代的（日本主导的）三个阶段之后，当代对东亚汉诗词的研究终究回归到了中国倡导的东亚文化共同体基调，这是东亚汉诗词研究的大势所趋，中国学者主导其役责无旁贷。在此背景下本丛书的策划选编，旨在展现东亚汉诗词的多姿多彩的历史风貌，探寻东亚文心，延续文化命脉，为复兴东亚文化共同体而添砖加瓦，奉献绵薄之力。

本丛书依托国家社会科学基金重大项目“东亚汉诗史（多卷本）”，由首席专家严明倡导规划，课题组成员参与其役，各司其责，共襄盛举。从策划到选编定稿，历时近两年。我们裒集东亚各国汉诗词文献，精选佳作，探索东亚汉诗词史的发展脉络，使得“东亚汉诗丛选”丛书得以顺利完稿，期待它能弥补空白，并成为重大项目研究成果的组成部分。本丛书各分册及主持者分别为：严明《日本汉诗选》、韩东《朝鲜汉诗选》、吴留营《琉球汉诗选》、严艳《越南汉诗选》、闵定庆《东亚词选》。江西教育出版社陈骥主任及樊令、方超等编辑，在本丛书编辑出版过程中出谋划策，付出了巨大的艰辛和努力，在此致以诚挚的感谢！

晓风残月，东方既白；吾辈前行，不遗余力。是为序。

严明

2021 年 11 月 30 日 于沪上汪洋斋

前言

美丽的冲绳群岛，往昔的琉球王国，美景与诗歌的交逢，是自然与人文的天作之合。

如果想要了解一个民族,那么就去读她的诗吧。在任何时代，诗歌都是一个民族得失的体现，它的存在就是一面镜子，是最高理想的表达。赫尔德曾如是说。诚然，诗歌作为民族文化乃至人类文明浓缩、凝铸的菁华，是进行文化观照及文化心理考察的重要凭借。中国素来有诗国之誉，作为文学研究者、爱好者，我们对这个认知都深有感触。放眼寰宇，东西方世界都曾在千百年历史中创造出优秀的诗歌。古代中国周边的国家，如日本、朝鲜、越南、琉球等地，同处在汉字文化圈、儒家文化圈中，或早或晚，生发出以汉文创作的诗歌样式。有的地区至今还延续着这一传统。就文学或文化研究视之，我们可以说海外汉诗是中国诗歌经典范式和审美样态的异域延展；当然，从变异学的视角来看，各国汉诗发展过程中，无不经历他国化、在地化。换言之，无不内化为本国文学的一部分，甚至是主体部分。由此观之，域外汉诗在中国文学、外国文学、比较文学、海外汉学以及文化交流史等研究领域都是可堪开采利用的宝藏。

文学即人学。微观而言，诗歌是由具体的诗人创作而成的。个体的学问修养、才情趣味和人生阅历，都会直接影响诗歌的审美情态。就琉球汉诗来看，程顺则家国情怀的宏大书写、蔡大鼎耽于私情的琐絮之笔，蔡文溥的隐逸情结、林世功的悯世担当，各见性情，都是不同时代汉诗发展演变的映照。

在历史上，琉球汉诗为国人所知，已逾三百年。康熙时期松江人孙鋐所辑《皇清诗选》，收录 25 位琉球诗人的 70 首作品。民国初期徐世昌主持编选的《晚晴簃诗汇》，收罗琉球汉诗 11 首。这两部诗集选家所处的时代、所设定的标准、所占有的资料各不相同，取舍扬弃、呈现出的选诗成果也自然有别。但其相似之处，在于从海外诗人中“搜罗数家，以备一格”，为清诗选本数十卷乃至二百卷的皇皇巨制点缀风雅。此即孙氏所谓的“以扬圣化”。即使《晚晴簃诗汇》编刻时已是民国，仍在全帙卷尾附列“属国”之诗。这其中的时代局限性，在今人来看是显而易见的。我们不必苛求前人，但也须保持理性和清醒。表现在具体的选诗层面，要从诗歌文本出发，而不是其他。本书萃选近百位诗人、近千首汉诗，致力于践行这一点。

我们应当平视这个世界，不是俯视，也不是仰视。今天编选琉球汉诗，就是要把它作为一个平行的观照对象。那么，它不必再是起衬托作用的绿叶，而是百花园中的一朵娇艳之花。全景呈现，立体呈现，它的原生态样貌才可以看得真切。“作诗非难也，选诗难”，清人魏宪曾有这样的选诗体会，后人多有认同。编选域外汉诗的难度，自不待多言。文献、文学、文化的多维考量，稍有缺失，则难成立。清末硕儒俞樾，著述等身，日本文化商人岸田吟香慕名来访，托请选刊日本汉诗。俞氏操刀数月，所成《东瀛诗选》四十余卷，促成了东亚文化交流史上的一段经典佳话。《东瀛诗选》的价值和地位，学界已有较多关注，这里毋庸赘言。其中存在的不足，俞氏本人、当时及以后中日学界也有讨论。面对日本汉字的不同写法，俞氏认为“不必尽以中法绳之”，观念颇显通达。但对未谐音律的诗歌，则显得苛刻，或弃遗，或改易。由于对中日两国“同文不同音”的语言环境、异质化的文化环境缺乏足够的体认，所选出的诗歌多是接近中土审美情趣的作品。俞氏的做法及其理念并不能简单以正确、错误来评判，这里仅作为特点分析。相较而言，笔者《琉球汉诗选》宽其吹索，以平视的眼光，致力于呈现原貌原样、保持原汁原味。

当然，既然是诗选，不是全集，这里呈现的是原貌，而非全貌。选家所做的工作，是力求将各位诗人有代表性的作品选出来，纂辑而成一部体现琉球汉诗总体风貌的集子。如果能达成这一愿景，则功夫不算白费。前述孙鋐欲辑朝鲜、日本诗歌，一时苦于材料“无从考索”；直到晚清，秦云欲选日本诗，仍感叹“远隔鲸波，海内之流传绝少”。相较而言，琉球汉诗文献就更珍稀了。几经战火，加之自然灾害频发，其文献保存情况不容乐观。中日学者为琉球传世文献的抢救、存藏做出了卓越的贡献，一些重要的文献副本得以收藏在各大图书馆。本诗选的推出，可为更广层面的读者群体提供阅读便利。

以文献学和文学研究的眼光，辑选、编校一部明清时代琉球诗人的汉诗作品选，在国内国际尚属首次。这一尝试中可能存在不少粗疏之处，祈望博雅君子能不吝指正，是幸。

凡例

一、作诗难，选诗尤难。本集选诗，既以诗存人，又因人存诗。换言之，既坚持文学艺术标准，又不废文献辑存之念。

二、俞曲园选东瀛诗，以中土声律绳之，不合者或改或弃，以致有失东瀛特质之嫌。本集所选诗歌，注重体制格律又不过于拘泥，对能体现琉球本土特色的诗作措意有加，且不妄改字句以保持原有生态。

三、选诗前附诗人小传，考订生平，以为解诗方便。琉球传世文献无多，部分诗人生平资料严重缺失，或只存孤凭。查有生卒年者，以生年、卒年先后为序；生卒年未详者，则以其主要活动年代大致排列，参酌诗歌总集、选集中的既有排序，以展现琉球汉诗发展的基本脉络。

四、本集目录所列是琉球诗人以汉字书写的“唐名”，但须知并非有唐名即是闽人三十六姓后裔（华裔）。在首里、那霸等非华裔聚居区，琉球本土士人包括王室贵族亦多有唐名。可见汉诗创作风气乃至汉文化影响并不囿于一地一隅。

五、部分诗作未见诗题，今依其意涵由编者拟题，以便于编排，编者拟题在诗题右上角标注 * 以示区分。

六、古籍刊本、稿本、抄本存在较多异体字、避讳字，为方便今人阅读，采用通行写法。如钱唐江直接写作钱塘江，杨子江写作扬子江，十刹海写作什刹海，等等。

目录

向世德

毛世辉

梁必达

阮宣诏

郑学楷

向克秀

东国兴

蔡大鼎

尚谦

毛凤仪

马建基

林世忠

参考文献

后记

蔡坚（1585—1647）

号念亭，称喜友名亲方，历任通事、都通事、正议大夫，官至紫金大夫。其先祖蔡崇于洪武年间由福建泉州南安县迁居琉球，即闽人三十六姓之一。万历三十八年（1610），蔡坚奉使为进贡长史随同马成骥来华进京朝贡。四十二年、四十五年两次上京呈请恢复贡期，直至天启元年（1621）得允。此后又在崇祯六年（1633）、十一年以谢恩、进贡事由来华。万历三十八年的这次朝贡，蔡坚拜孔子庙见车服礼器而心向往之，于是图圣像以归，在久米村轮流家祀。另外，与同期入贡的朝鲜使者赋诗唱酬，互赠贶仪。

奉酬贶敬朝鲜台使

海外觌面是奇逢，讵知一见即包容。
皇恩浩荡均沾被，珠玉淋漓我独深。
长才伟略靡双匹，干国谋王第一人。
予心感佩真忘寐，专俟他年教复临。

马成骥（生卒年不详）

后更名为向鸿基，称中城亲云上。万历三十七年（1609），琉球遭受日本萨摩藩侵攻，国王被扣留，进贡中华因此延期。翌年，为呈请恢复贡期事，马成骥与蔡坚共同来华赴京。在京期间，得与朝鲜使者李睟光诗文往还。回国途中在洋面遭遇大风，错失针路，漂至朝鲜。离境之后又漂至日本平户，遇街市有人踢球，成骥参与其中，一一合式，见者以之为奇。

肃勤申贶朝鲜台使

尧天舜日照遐方，航海梯山来帝邦。

不期而会天下国，凡有血气悉称降。

邂逅相遇虽萍水，前缘夙定非偶然。

喜承晤教固所愿，倏尔东南两分还。

毛泰永（1619—1688）

汉名毛泰永，号瑞和，称伊野波亲方，首里人。曾任御物奉行，汪楫册封琉球时，毛氏位居法司官。琉球君臣为汪楫之父、副使林麟焻之母祝寿，毛氏有《咏松》诗二首，收录于《中山诗文集》《中山沿革志·中山诗文》。

咏松

植体宜千仞，垂阴动百寻。

李膺真烈烈，和峤自森森。

桃李何堪较，雪霜安得侵。

万年身不老，种子又成林。

咏松

亭亭百丈挺云霄，岁晚苍苍独后凋。

几阵风生松树里，声声疑是海门潮。

王明佐（生卒年不详）

1645 年，为庆贺隆武帝登基，以都通事身份随王舅毛泰久赴闽。其后，进京向清朝效忠。顺治十年（1653）再次担任都通事，赴京朝贺。康熙十七年(1678)则以进贡副使身份来华。汪楫册封琉球时，王氏位居紫金大夫。琉球君臣为汪楫之父祝寿，王氏有赠诗，收录于《中山沿革志•中山诗文》。据《中山传信录》载，康熙二十二年，中山王遣法司王舅毛国珍、紫金大夫王明佐等谢封。可知王明佐曾担任谢封使再次来华。

奉祝汪太公寿 *

渡海才三日，还家祝万年。
姓名香案吏，文采玉堂仙。
蜀岭梅方萼，绥山桃最鲜。
遥知献觞处，歌颂满华筵。

陈初源（1626—1715）

陈其湘之父，称幸喜亲云上。汪楫《中山沿革志 • 中山诗文》记其官职为中议大夫。册封使汪楫回国之际，陈氏作诗奉送，兼祝汪父八十大寿，所以诗歌以此为题旨。

奉祝汪太公寿 *

亘天紫气浩无边，白发飘飘望锦旋。
春色争光年未老，名闻海外祝椿年。

毛国珍（生卒年不详）

池城亲方安宪，王舅，官至法司。册封使汪楫之父、副使林麟焻之母寿辰将至，毛氏咏物以祝寿，赋诗相赠。《中山诗文集》与《中山沿革志·中山诗文》存其诗。另据《中山沿革志》载，旧制，王宴使臣，每宴必以金为馈。汪楫等皆固辞不受，积七宴金，共一百九十二两。王遣谢恩官法司王舅毛国珍、紫金大夫王明佐等疏闻，请敕使臣收受，可知此后仍有交集，即《中山世谱》所载，康熙二十二年（1683）冬，王遣王舅毛国珍、紫金大夫王明佐等入京奉表，贡献方物，谢袭封恩。

祝汪太公寿 *

满头白发老南华，九九春光日未斜。
东海寿杯斟不尽，何须洞口问胡麻。

咏竹

生平劲节复虚心，翠色琅玕满竹林。
谩道只堪栖凤处，时当风雨作龙吟。

毛自义（生卒年不详）

首里贵族，王舅。琉球君臣为汪楫之父祝寿，毛氏有《咏松竹》诗，收录于《中山沿革志·中山诗文》。

咏松竹

水光山色年年碧，竹叶松枝处处同。
八十老翁颜色好，一觞遥落海云东。

孙自昌（1630—1697）

号得全，称屋比久亲云上。先辈由日本迁居琉球，顺治二年（1645）奉命入籍久米村以补三十六姓之缺，赐姓孙氏。官至中议大夫，汪楫册封琉球时，孙氏位居此官。琉球君臣为汪楫之父祝寿，孙氏有《咏菊》诗，收录于《中山沿革志·中山诗文》。

咏菊

景云缥缈拥琼台，千载琪花从此开。
欣值高堂初度日，临风远寄紫霞杯。

翁自仪（生卒年不详）

稻岭亲方，世家大族，汪楫册封琉球时，翁氏官居法司。《中山世谱》有载，康熙二十二年（1683），“翁自仪续法司向美材而任法司”。琉球君臣为汪楫之父、副使林麟焻之母祝寿，翁氏有《咏松》《咏菊》诗相赠，收录于《中山诗文集》《中山沿革志·中山诗文》。

咏松

山有乔松，枝如游龙。何以溉之，天禄万钟。
山有乔松，苍苍其色。云谁照之，老人南极。

咏菊

点玉浮金不染尘，东篱谁作白衣人。
当年只有陶彭泽，酒醉逍遥一幅巾。

夏德宣（生卒年不详）

汪楫册封琉球时，夏氏任紫巾官。琉球君臣为汪楫之父祝寿，夏氏有《咏菊》诗相赠，见录于《中山沿革志·中山诗文》。康熙二十一年（1682），奉王命在崎山之阳构筑茶亭一座，为君臣汲水烹茗之所。

咏菊

中山十月菊初黄，但见阳和不傲霜。
满把摘来香在手，还家高捧万年觞。

毛允丽（生卒年不详）

汪楫册封琉球时，毛氏位居紫巾官。琉球君臣为汪楫之父祝寿，毛氏有《咏菊》诗，收录于《中山沿革志·中山诗文》。

咏松

虬根铁干走蛟螭，但见巃嵸不记时。
借问盘桓有何好，伏生终日啖松脂。

吴世俊（生卒年不详）

仲田亲云上朝重，后更姓向，改写作向世俊。汪楫册封琉球时，吴氏任耳目官。琉球君臣为汪楫之父祝寿，吴氏有《咏松》诗相赠，收录于《中山沿革志·中山诗文》。康熙二十三年（1684），担任进贡正使，与副使正议大夫郑永安奉表入京，贡献方物。

咏松

泰华山松高接天，岍[illegible]宇宙作云烟。
海隅有望清光者，遥拜龙鳞庆大年。

章受祜（生卒年不详）

汪楫册封琉球时，章氏位居耳目官。琉球君臣为汪楫之父祝寿，章氏有诗相赠，收录在《中山沿革志·中山诗文》。

奉祝汪太公寿 *

金门上客御风来，应有神仙进寿杯。
持向高堂劝云液，分明紫气得蓬莱。

郑宗善（生卒年不详）

郑明良之父。汪楫册封琉球时，郑氏位居正议大夫。琉球君臣为汪楫之父祝寿，郑氏有《咏松菊》诗相赠，收录在《中山沿革志·中山诗文》。

咏松菊

八十家居乐太平，悠然把酒似渊明。
人间花柳知无数，不及庭前松菊情。

郑永安（生卒年不详）

汪楫册封琉球时，郑氏位居正议大夫。充任接封使来闽，汪楫《中山正议大夫郑永安渡海来迎，至剑津，待余累月，乞诗为赠》可见其状。琉球君臣为汪楫之父祝寿，郑氏有诗相赠，收录在《中山沿革志·中山诗文》。康熙二十三年（1684），担任进贡副使，与正使耳目官向世俊奉表入京，贡献方物。

咏双松 *

八十方初度，风云千载开。
佳辰逢岳降，和气拥春台。
长见双松茂，喜看青鸟来。
锦旋遑启处，欢进九霞杯。

杨有秾（生卒年不详）

汪楫册封琉球时，杨氏位居遏闳理官。琉球君臣为汪楫之父祝寿，杨氏有《咏竹》诗相赠，见录于《中山沿革志·中山诗文》。

咏竹

密叶呈新绿，疏枝拂旧寒。
远人无以献，持此当琅玕。

文克继（生卒年不详）

汪楫册封琉球时，文氏位居遏闼理官。琉球君臣为汪楫之父祝寿，文氏有赠诗，收录于《中山沿革志·中山诗文》。

奉祝汪太公寿 *

锦衣将紫诰，百拜祝封君。
下有五色花，上有五色云。

毛知传（生卒年不详）

汪楫册封琉球时，毛氏位居遏闼理官。琉球君臣为汪楫之父祝寿，毛氏有赠诗，收录于《中山沿革志·中山诗文》。

奉祝汪太公寿 *

声名盖代是汪伦，无价文章动海滨。
遥望江南秀色好，茏葱古柏一堂春。

郑弘良（生卒年不详）

汪楫册封琉球时，郑氏位居长史。琉球君臣为汪楫之父祝寿，郑氏有《咏竹》诗相赠，收录在《中山沿革志·中山诗文》。汪楫有诗题为《长史郑弘良以王命请余画像留国中，口占答之》，可知二人交际。康熙三十五年（1696）冬，琉球国王遣正议大夫郑弘良与耳目官毛天相奉表入京，贡献方物。

咏竹

蓬山有浮筠，青鸾相盘旋。
天风偶一吹，声如钟磬传。
昔有离娄公，饵之成神仙。
汪公居竹西，服食应共然。

柏茂（1641—1687）

称平安山亲云上，那霸柏姓第四世。康熙八年（1669）随使“上江户”，十七年随正议大夫王明佐赴闽办差。《中山传信录》有载，那霸在首里西十里那霸江港口。汪楫册封琉球时，柏茂任那霸官，实际职务为右堂察侍纪（御物城）。琉球君臣为汪楫之父祝寿，柏茂有《咏松竹》诗相赠，见录于《中山沿革志·中山诗文》。

咏松竹

竹箭之筠松柏心，四时不改常森森。
我公对此酌大斗，芝兰玉树共长吟。

吴彬（生卒年不详）

汪楫册封琉球时，吴氏任那霸官。琉球君臣为汪楫之父祝寿，吴氏有《咏竹》诗相赠，收录于《中山沿革志·中山诗文》。

咏竹

瞻彼青青竹，群居独不群。
无心自承露，有干直凌云。

郑宗德（1641—1712）

号怀溪，称与仪亲云上。官至正议大夫。康熙二年（1663）担任王舅通事，赴北京朝贡。康熙七年担任都通事，再次来华纳贡。康熙十一年与金正华一起担任督修圣庙奉行，中山之有孔庙始于此。康熙三十六年，作为督抄官，参与重修《历代宝案》。汪楫册封琉球时，郑氏位居中议大夫。琉球君臣为汪楫之父祝寿，郑氏有诗相赠，收录在《中山沿革志·中山诗文》。

奉祝汪太公寿 *

人间何处有丹丘，紫气常盈帝子楼。
此日群仙望南极，一齐骑鹤上扬州。

梁邦翰（1642—1706）

号艳江，称国吉亲云上，官至正议大夫。康熙三年（1664）作为王舅通事来华，经由福建进京，滞留三年。康熙九年担任上京都通事奉使来华，再驻三年。康熙十九年，担任进贡兼请封副使再次来华，次年到京，直至康熙二十一年职事完竣。《（乾隆）福建通志》记载，康熙二十一年，“世子遣耳目官毛见龙、正议大夫梁邦翰具通国臣民结状，上言请封”。此次清廷派出的册封使是汪楫，汪氏《中山沿革志·中山诗文》留存梁邦翰诗一首。

奉祝汪太公寿 *

星使迢遥万里游，一天雨露溥荒陬。
君归喜见双松茂，不减旧容千度秋。

蔡铎（1644—1724）

字天将，号声亭，称志多伯亲方，久米村蔡氏志多伯家第十世，官至紫金大夫。存世汉文文献有其主编《中山世谱》《琉球国中山王府官制》等。自述“曾以正议大夫入贡，历吴越、齐鲁、燕赵之境，其间山河之壮丽，冠裳之都雅，与夫贤人君子之美秀而文，尽寄于近体，以志一时观光之盛”，成《观光堂游草》。其《游草》记述了作为贡使由闽入京及出都还国之经历，收诗30首。前有陈元辅题序，陈蔡二人亦早已相识，序中称“今读声亭诗，缠绵恺恻，一往情深，经营惨淡，出以风雅，殆兼之矣”，誉其诗兼得风骚之遗旨。

琼河发棹留别闽中诸子

裘马如云送客船，简书遥捧出闽天。
骊歌古驿三杯酒，帆挂空江五月烟。
别泪已随流水去，离情不断远山连。
故人若忆西窗话，极目燕台路八千。

过黯淡滩

溪险曾传黯淡滩，风波作恶往来难。
舟师放棹如飞过，客子销魂不敢看。
喜涉大川心渐稳，追思前路胆犹寒。
人情反覆原无定，回首何殊下急湍。

过仙霞岭

南天锁钥古仙霞，闽越相连百万家。
鸟道千寻蝌蚪字，马蹄十里野棠花。
乡园缥缈浮云迴，剑佩萧条夕照斜。
见说九重多雨露，岭头翘首望京华。

游西湖 二首

曾传西子湖中胜，今日来游见所闻。
满地寒梅和靖骨，经霜古树岳王坟。
六桥杨柳披残照，三竺清钟湿暮云。
水气年年香不散，青衫泛艇自氤氲。

清风轻艇泛西湖，湖上人呼酒再沽。
十里柳堤双桨曲，半波僧语一钟孤。
古今过客多词赋，花鸟逢春见画图。
放鹤庭前梅未老，好题新句吊林逋。

游江天寺 旧名金山，圣驾南巡，更名江天寺

金山四面锁清江，碧汉虚悬过客艭。
烟雨长飞仙子阁，溪云时绕法王幢。
疏林孤磬凌空响，斜日轻鸥映水双。
睿藻留题堪不朽，夜深读罢剔银釭。

观琼花图

广陵宫观有仙葩，玉叶春深自放花。
雪浪堆成原异本，水晶妆就更无瑕。
一从阆苑修花史，遂令江都失故芽。
犹幸画图堪共赏，始知此种出天家。

邗关泛月

空江晴月散邗关，偏照劳臣一苇间。
喜见水光明似练，敢忘君命重如山。
满天星斗孤帆白，终日风尘两鬓斑。
舟过维扬名胜地，且将杯酒破愁颜。

候朝

明良交泰正昌期，万国衣冠集凤池。
喜见炉烟浮紫气，遥闻天语下丹墀。
御床香蔼黄金殿，宫扇风摇赤羽旗。
百拜承恩仙仗下，称觞愿献太平诗。

出都

承恩特赐玺书归，高捧龙章出紫微。
遥望御炉香未散，春风吹上使臣衣。

丰城道中遇雪

遥看岩岫尽玲珑，策蹇愁临古道中。
满地芦花飞白昼，一天柳絮起东风。
云霄渺渺银河迥，驿路迢迢玉镜通。
安得同来披氅客，平原并辔话崆峒。

维扬舟次荷鸿胪禹慎斋先生惠诗越日分手次韵志感

胜地相逢握手宜，何堪信宿便分离。
异时古驿春深夜，肠断先生[illegible]纸诗。

重游江天寺是日初度

去年曾到江天寺，今日重来马齿加。
才愧相如仍作赋，感同张翰每思家。
风尘满目孤臣泪，王事忧心两鬓华。
此际登临频怅望，不知何以谢寒鸦。

北新关除夕

他乡聊复颂椒花，惆怅行旌滞水涯。
盘捧五辛追太古，身如一叶寄中华。
樽前有酒空弹泪，江上谁人不忆家。
此夜正多乡国梦，海天何处问浮槎。

重游西湖有怀陈昌其先生即用其送别韵

重来湖上忆江郎，错认榕城是故乡。
天竺莺声疑唤友，离亭诗句尚留香。
梅花古调琴三弄，芳草伊人水一方。
极目钱塘孤棹曲，江流好似九回肠。

西湖看梅

梅有孤山骨，看来不改芳。
自嫌三楚媚，岂作六朝香。
月径浮冰魄，霜天淡晓妆。
桥边桃柳色，零落怨萧郎。

元夕喜宿清湖旧馆

使臣一棹返衢州，依旧清湖半榻留。
喜见星桥开铁锁，分明城市有蜃楼。

琼河解缆

经年鞅掌滞天涯，此日孤帆下浅沙。
最是有情春色好，琼河还发旧桃花。

曾益（1645—1705）

初名永泰，字子谦，号虞臣。康熙三十一年（1692）为避琉球王世孙讳，更名为夔。久米村曾氏第六世，官至紫金大夫。1663年至闽勤学，翌年进京游历，归国后多次奉使来华，“历齐鲁燕赵吴越之区，见闻既广，落笔惊人”。其《执圭堂诗草》收录诗作十四首，叙写由闽入京途中所遇所感。集后有陈元辅跋文，推赏该集“言言典雅，不为花鸟空谈；字字清新，堪作云山实录，似又得性情之正”。陈元辅所言非虚，曾益诗可代表有清以来第一代琉球汉诗成就，其诗用语娴熟，不入俗套，而多怀深意，抒写沧桑之感。

过黯淡滩

舟行过黯淡，烟雨满江间。
水急频回首，滩高忽改颜。
臣身轻似叶，君命重如山。
万里神京迥，何辞更出关。

过仙霞岭

南来峻岭壮雄图，雨雪重关叹客途。
地接云霄通百粤，天开锁钥控三衢。
层峦草长行人度，绝磴烟深鸟道孤。
遥听大竿钟磬早，千年分水镇浮屠。

游西湖

西子湖头别有天，醉看花鸟尽嫣然。
六桥柳色摇晴绿，三竺莺声带晓烟。
走马客过桃叶岸，吹箫人上酒家船。
飞来一片峰前立，为问林逋放鹤年。

游灵隐寺

我爱西湖灵隐寺，寺门斜傍薜萝开。
蒲团竟日谈兴废，花径由人数往来。
草色遥连骑马路，涛声长绕讲经台。
幸留一片袈裟地，不共沧桑化劫灰。

惠泉

地脉钟灵涌惠泉，泉甘如醴玉生香。
小臣欲制长生酒，捧作天朝万寿觞。

游金山寺

珠绀金碧梵王宫，万里江山一览中。
地脉千年留宝气，龙光百丈拜皇风。曾驻圣驾。
长悬塔影诸天静，遥听钟声万壑同。
见说南朝多胜概，欲从此处访崆峒。

苏台怀古

高台九仞筑姑苏，池水生香接太湖。
一自温泉生蔓草，遂令响屧怅成墟。
殿檐夜月眠鼯鼠，禾黍秋风泣鹧鸪。
不尽馆娃千载恨，萧萧芦荻满平芜。

枫桥雨泛

布帆无恙雨萧萧，山色空濛客路遥。
最是孤臣身似叶，苏台十里到枫桥。

过扬子江

长江天堑古扬州，今昔乾坤日夜流。
半壁烟沉金锁水，一帆风送木兰舟。
地分南北波涛险，图绘山川带砺收。
我过广陵怀旧事，轻鸥几点荻芦秋。

己巳元旦鸿胪禹慎斋先生招饮仙馆时雨雪梅花盛开

新开正朔拜熙朝，犹喜名公折简招。
草阁相逢惭下榻，仙楼携酒听吹箫。
寒梅堆径香连屋，飞雪漫天白过桥。
异地与君同是客，何妨潦倒共题蕉。

琼河解缆

去年犹忆泛舟时，帆挂台江怅别离。
今日琼河欣解缆，桃花依旧长新枝。

何文声（生卒年不详）

字美庵，称宇良亲云上。约生活于顺治、康熙年间。据徐葆光《舶中集》载，徐氏出使琉球之时，申口官何文声七十余岁，退隐国头地方。何文声曾以诗集请教于徐葆光，并作《呈诗卷就正太史》诗。徐葆光览后为何文声诗集题诗两首："诗格不肯落第二，西江骨力涪翁余。长谈到手变奇崛，枯笔着墨生芙蕖。""朅来中山半载居，穷搜雅材饥渴如。独冠群英得比老，海外采风今不虚。"称誉其诗为中山第一，有黄庭坚的风骨，能将寻常题材写出新意。

呈诗卷就正太史

诗卷虽存天地间，不曾一字落尘寰。
三千余年法从古，八十一家文尽删。
鱼目骊珠恐相混，班香宋艳谁同攀。
一缄投寄莫嫌远，使者声名到北山。文声病退，久隐北山。

尚弘毅（生卒年不详）

琉球王族，尚质王次子，尚贞王弟，称大里王子，康熙十五年至二十七年间（1676—1688）担任国相。琉球君臣为册封使汪楫之父、副使林麟焻之母祝寿，尚氏有《咏松竹》《祝林母戴太夫人寿》诗，收录于《中山诗文集》《中山沿革志·中山诗文》。

咏松竹

何以祝华封，山川隔万重。
堂前千亩竹，堂上两株松。

祝林母戴太夫人寿

上林莺报兆芳辰，暖日迟迟淑气匀。
柳絮已夸诗句敏，梅妆不减岁时新。
瑶池桃熟三千树，海岛筹添九十春。
从此殊方长献寿，年年记祝太夫人。

郑明良（1648—1717）

号赓桥，称仲井真亲云上，郑宗善之次子。历任通事、都通事、中议大夫，官至正议大夫。康熙十五年（1676）授句读训诂师，寻因探问并接贡事，以存留通事身份随使赴闽。随后奉王命学相法，历四年归国。康熙二十三年，以都通事身份随进贡使赴京贡献方物。三十年因接贡事，再次作为都通事开船赴闽，事竣回国。

雪堂纪荣

海上仙棕出日边，恩光高照雪堂前。
旧传内苑长生树，今见诸臣纪胜篇。
霜落不愁凌晚节，庭闲正好度秋天。
树人树木传佳话，肯与山花共斗妍。

梁邦基（1650—1703）

号本宁，称内间亲云上，梁邦翰之弟。历任通事、中议大夫，官至正议大夫。康熙九年（1670）担任汉字笔者，十九年充进贡小船通事，二十四年任接贡存留通事，三十六年奉命重修《历代宝案》，与郑宗德等人同为督抄官。历时数月共抄得两部，一部上于王府，一部藏于天妃宫。三十七年奉使为进贡正议大夫，赴北京朝贡，事竣归国。

雪堂纪荣

琪花瑶草自争新，特出仙棕赐近臣。
内苑古株张凤尾，东封乔木卷龙鳞。
园中作赋邹枚侣，花里题诗汉魏人。
今日开筵同纪胜，年年唯见雪堂春。

蔡应瑞（1651—1707）

蔡文溥之父，称高良亲云上，童名五良美，字献臣，号玉亭。康熙十七年（1678），应瑞二十八岁，奉使为进贡存留通事，随耳目官陆承恩、正议大夫王明佐入闽，驻榕城三年。在此期间，国王赐银三十两命其学习地理。康熙二十年归国，旋即命掌敕书并咨文事，奉使随耳目官毛见龙赴麑府（萨摩州），归国后授长史司。次年清廷遣使汪楫、林麟焻赴琉球，蔡应瑞尽心竭力，理烦治剧。且与汪楫等人有诗酬赠。翌年，为讲解师。康熙二十七年，奉使为进贡赴京都通事，随耳目官毛起龙、正议大夫蔡铎赴闽，次年进京。康熙三十四年，奉使为进贡正议大夫，同正使、耳目官翁敬德赴闽上京。康熙三十五年赴萨州，上江户。由其生平不难看出，应瑞曾三入中华，两入京师，两赴日本，从事政治经济交流，且有诗文才能。今存世有其与蔡铎、程顺则等人共撰《琉球国中山王府官制》一书。其诗文集《五云堂游草》曾由闽人王登瀛作序，王氏称其诗“雍容尔雅，彬彬有中国儒者之风”。

雪堂纪荣

金盆捧铁树，赐自五云边。
叶岂随风落，花非浥露鲜。
独高君子节，不减大夫年。
开宴雪堂上，恩光照素笺。

咏松菊

抚松种其子，采菊餐其英。
得华复得实，岂为一时荣。
种松枝叶茂，餐菊颜色好。
苍翠满华堂，堂中人不老。

宗实（生卒年不详）

仙江院衲。康熙二十二年(1683)汪楫出使琉球，其《使琉球杂录》有载，“出天王寺右行入荒径中，门庑萧然，是为仙江院。院就圮，而僧宗实能诗”。康熙五十八年，徐葆光出使，其《中山传信录》记曰，“仙江院，在天王寺之右……今宗实尚存，年六十九，改字际外，称球阳大和尚”。汪录中有宗实与万松院僧不羁、天王寺僧瘦梅相唱和的说法。宗实是为数不多的与两任册封使均有交际的琉球诗人，其赠与徐葆光的诗歌见录于《中山传信录·中山赠送诗文》。

徐太史见访报谢四章

天落珠玑古院传，声名藉甚玉堂仙。
颁封再见中朝使，不识春秋复几年。康熙二十二年癸亥，天使汪、林两公至国，皆有赠句。时僧腊三十有三，至今三十六年矣。

彩鹢飞来那霸津，首蒙垂问愧高真。
新诗莫怪酬君晚，病卧山云一老身。

一庭苔藓满林榛，独喜蒲团隔世人。
自古隐栖闲是宝，任他门外起车尘。

三生石上觉前因，尝见汪林一笑新。
今日使星临海岛，又开禅户待仙人。

又送一首

远泛仙槎破浪行，地分南北隔鹏程。
一天不碍华夷月，万里云中眼共明。

蔡肇功（1656—1737）

字绍斋，称湖城亲方。久米村“闽人三十六姓”蔡氏后裔。曾在康熙十七年（1678）赴闽学习历法，四年后归国，订《大清时宪历》颁行国中。诗集《寒窗纪事》由其七世孙蔡大鼎刊于同治十二年（1873），今藏于冲绳县立图书馆。集前有康熙二十年福建任伊所序，任氏以“友生”自谓，言“蔡子从游于余”，知二人为师徒关系。序中称蔡诗“高标骨节，气挟冰霜”“得古人之心”“可传千古”。肇功之诗，从汇编成集到付梓刊印，前后历经近二百年，或经过多次修改删订。今所得见，有35题，38首。该集选材以其在闽游历所见所感为主，兼及琉球风物、交际。

游鼓山 二首

十里松阴一路幽，层层云气眼中收。
风鸣石鼓千峰响，水涌银涛万壑秋。
山鹿何心眠野寺，海门无际渺沧洲。
登临尽是思乡景，极目中山起百忧。

松阴十里路千盘，几度攀跻不厌繁。
芒履穷搜岩径险，葛衣难御海涛寒。
暮云不放山容翠，秋色全归木叶丹。
我欲投闲聆妙偈，肯容风雨对蒲团。

七夕

千古佳期信有期，双星此夕渡河时。
人间离合原无定，天上悲欢只自知。
月落抛梭云锦乱，夜深卷幔露珠垂。
迢迢银汉犹携手，孤客何堪滞水湄。

重阳

秋色深兮诗意狂，登高携友醉萸觞。
山幽路重衣初冷，野旷霜寒菊自香。
乘兴买笺吟未了，尽情分草坐无妨。
行行谈笑皆清事，潦倒归来半夕阳。

朝雾

朝雾满天地，濛然意欲迷。
鸟啼不见树，色色连空齐。

寒窗独坐

寒窗多寂寞，翘首望长空。
云起远山白，风飘疏叶红。
频吟愁不已，漫酌兴无穷。
日暮人来少，忽闻雨落桐。

上巳游曲水

东风袅袅暮春天，携友同看山色妍。
岸上群花争艳冶，堤边弱柳带痴眠。
敲诗共话兰亭胜，酌酒频歌曲水巅。
遥听远莺催逸兴，客愁不觉洗流泉。

岁旦

日月如梭瞬息移，看来春色尚参差。
堤边嫩柳含烟翠，窗外薰风送暖奇。
黄鸟媚欺琴瑟和，白梅娇夺美人姿。
斯时有兴全难尽，载酒盘桓趣在诗。

中秋咏月

丹桂飘香入夜清，金风凛凛拂高城。
近看螺髻含烟暗，遥听鲸波拍岸鸣。
雁避秋寒浑有意，月浮天外却无情。
敲诗难了今宵趣，点缀还须借曲生。

山居

松阴幽处曲溪边，深结茅庐晨夕禅。
鸟宿柴门恒出入，云侵竹榻任牵连。
朝看野老锄田亩，晚听樵夫唱岭巅。
莫笑寻常人迹少，青山流水自悠然。

雨中有感

骤雨潇潇暂不休，江南江北混江流。
浮云乱聚能遮日，鸿雁高鸣几度秋。
万树萧萧檐外冷，千山寂寂眼前幽。
何时方见晴天色，兀坐寒窗心绪悠。

中秋月夜留友

节到中秋夜色清，月光如洗可人情。
乘奇多得盘桓趣，留友频调琴瑟声。
此处放怀无俗事，斯时敲句掷浮生。
窗前漫酌一樽酒，醉倒不知天欲明。

登东苑

城外孤峰千叠起，玉亭高耸势连空。
恍如人在白云上，几态风光入眼中。

客秋夜闻蛩声

高天月色入窗清，何处啾啾恼客情。
才见梧桐飘叶落，又闻鸿雁度寒声。
倚楼敲句愁难遣，对史挑灯梦未成。
自笑旅人萧瑟景，终宵无语听蛩鸣。

山寺春晓

遥宿山房云外边，疏林四绕隔人烟。
晓天春色满花径，乘兴吟情自是禅。

寒月即事 二首选一

寥落寒风过客楼，黄昏独立漫凝眸。
砧声敲破关山月，一片冰心万里愁。

初会赠别

倾盖情怀成古道，笑谈未几怅离舟。
江头难尽阳关曲，意外何能缩地猷。
远客已经千里浪，片帆高挂一痕秋。
莫言鸿雁南来少，好寄新诗慰旧游。

赠别

与君咫尺傍寒居，晨夕相怜话有余。
千古定交从此日，寸时离思可堪书。
看来弱柳魂将断，立尽斜阳影渐虚。
莫讶今朝无以寄，诗成聊借一江鱼。

游龙洞寺 二首

寺开龙洞白云山，遥隔人烟晨夕闲。
门向江流无限际，灯连渔火灭明间。
静闻梵语天花落，坐见仙台春色斑。
吟尽松阴萝薜处，放开心目却忘还。

江流四绕一山浮，疑见苍茫系舸舟。
湖旷无从寻范蠡，林深何处觅巢由。
寺依龙洞鸟鸣少，门对虎溪花径幽。
借问上人平日事，白云堆处独遨游。

奉和册使徐大人赠程顺则原韵

才侍高明如旧情，新怀未尽促荣行。
斯时遥望云波静，此地永欢琴瑟声。
他日聿修朝贡典，谁人不识使臣名。
江边难唱阳关曲，思寄诗篇酒谩倾。

题物外楼

物外人登物外楼，依然勋业世间留。
悬车身卧云霞地，避俗窗开水竹洲。
养老还同黄石迹，乐天更笑赤松游。
从容归去无他事，坐对溪山到白头。

采石芝呈徐太史

碧海灵芝秀，粼粼见底清。
采为君子寿，光映使星明。

翁自道（1659—1721）

字诚斋，号瑞麟，称伊舍堂亲方，首里人。康熙三十三年（1694）随正议大夫蔡应瑞来华，翌年事竣归国。三十五年再赴福建办差。徐葆光册封琉球时，翁氏官居法司。《中山传信录》在介绍琉球氏族时称，“其本国人与王家婚姻者惟翁、毛、马三家，世为王舅、法司。今现为法司者三人：马献图、翁自道、向圣赓。”可知翁氏为世家大族。徐葆光有《游辨岳赠翁法司自道，时际外和尚在坐》诗，翁氏则以《辨岳饯别》诗回赠，收录在《中山传信录·中山赠送诗文》，可见诗酒话别之景。

辨岳饯别

追游辨岳下，陟巘一鸣珂。
胜地山当海，豪情酒满螺。
深情难尽译，离绪且高歌。
此会人生少，临歧白发多。

尚纯（1660—1706）

汪楫册封琉球时，尚纯为尚贞王世子。后来未及继位而辞世，其子尚益接任。《清史稿》载，康熙四十八年（1709），王尚贞薨，世子尚纯先卒。四十九年，尚纯子尚益以嫡孙立。《中山世谱》记纯“性质聪敏，好学崇道，亲贤重才”。尚纯所作《咏双松》《小诗恭赠玉翁林先生》二诗分别赠予正、副册封使汪楫、林麟焻，留存于《中山诗文集》。

咏双松

郁郁双松树，苍苍百岁姿。
要知强与健，偏在岁寒时。

小诗恭赠玉翁林先生

骎骎仗节咏皇华，海不扬波风送槎。
口代天言颁诏诰，身随王事带烟霞。
凤池染翰衣沾柳，鳌禁摛词笔梦花。
剑佩归朝闻曳履，应知圣主特恩加。

蔡灼（1662—1713）

字子华，号洛亭，称喜友名亲云上。曾任通事、遏闼理官、都通事、中议大夫、正议大夫。康熙十七年（1678）起在福州读书四年，回国后担任句读训诂师。康熙二十七年为进贡存留通事，再驻福州三年。康熙三十六年，充考订官，参与重修《历代宝案》。《中山传信录》有载，康熙五十二年，尚敬嗣位。是年，遣耳目官毛九纪、正议大夫蔡灼入贡。灼回至福州柔远驿病卒，康熙帝钦赐祭文，安葬于福州南台。其诗见录于《雪堂纪荣诗》。

雪堂纪荣

储君特赐海棕花，古色何曾借晚霞。
红紫让他桃李艳，独留铁骨傲霜华。

梁镛（1663—1702）

字得声，称国吉亲云上，梁邦翰之长子。历任通事、都通事。康熙二十四年（1685）因有接贡之便，随其叔父梁邦基赴闽，读书习礼，滞留六年。归国后担任汉字笔者。康熙三十年、三十四年，两次充任接贡存留通事，赴闽办差，并奉命学识博古。三十九年，充上京都通事奉使进京，蒙恩受赏。回国途中，在海上遭遇台风，船破而亡。

雪堂纪荣

雨露偏教铁亦芳，荣分古树沐恩光。
枝枝捧日承天眷，叶叶临风拟凤翔。
湖海每惊鳞甲动，冠裳犹带海棕香。
从兹世作传家宝，共谱新诗上雪堂。

程顺则（1663—1734）

字宠文，号念庵，自署雪堂主人，久米村人，官至紫金大夫，加衔法司正卿。1683 年，作为谢封使船通事滞留福州，师从竺天植学习儒家经典，四年后学成归国，任教久米村。1689 年，任接贡存留通事，再留福州三年，受业于陈元辅。捐资购得《十七史》，回国赠孔庙。后为琉球王世子、世孙讲解“四书”、唐诗。1706 年，奉命为进贡正议大夫赴北京，购得《六谕衍义》回国，经由萨摩进献江户幕府，并翻译、刊刻、颁行，对琉球和日本国民教育产生莫大影响。1720 年，程顺则再次随团来华朝贡，途经江南，偶然得见敕编《皇清诗选》，该编将琉球汉诗与清朝公卿、学者、鸿儒诗作汇为一集。程顺则览后大喜，出资购得数十部，归国后献与王府、孔庙及师友。后来程顺则亦效仿此选，集琉球王室贵族、官员、学者汉诗，汇编《中山诗文集》，乃琉球汉诗之大成。此外，程顺则参撰《琉球国中山王府官制》，诗集有《雪堂燕游草》《雪堂杂组》《雪堂纪荣诗》等。

题江郎石

江郎石欲接天池，卓立三峰势莫支。
恨不当年移入峡，人看山水两称奇。

早秋江上

桐叶初飞古渡头，西风送客过沧洲。
江山万里清如画，添得劳臣一路秋。

登金山塔 二首

金山塔势独嶙峋，晴日登临气象新。
半壁江南看未了，一声飞鸟下红尘。

千尺浮图插碧空，冯虚独上御天风。
中山遥在云飞处，极目苍茫望海东。

广陵月夜闻笛

林壑生清籁，深秋首独搔。
月怜炀帝地，客逐广陵涛。
杨柳吹何处，关山调渐高。
不堪愁里听，乡思乱江皋。

芜城怀古 二首

隋帝豪华蔓草中，萧条二十四桥风。
鸦翻废苑香云散，龙去长江锦水空。
只有山川留胜迹，更无父老说行宫。
琼花冷落蛾眉老，愁见芜城夕照红。

歌吹频年满竹西，亭前水调一乌啼。
墙头碧草沾新露，殿脚红妆逐断霓。
夜月无人萤绕径，秋风有恨柳垂堤。
可怜空做江都梦，台榭荒凉总蒺藜。

潜川先生惠赐《春山八咏》和章赋谢

高汉星辰映翰林，十年犹未改初心。
为怜归径诗人老，不使居山墨迹沉。
殿上鸣珂螭火近，禁中垂柳凤池阴。
何当太史阳春曲，偏许东封使者吟。

渡黄河

黄河秋色满，喜是大清时。
源自昆仑出，山从砥柱支。
潆洄斜塞雁，奔放走云螭。
九里看新润，三门溯旧基。
朝宗归海疾，鼓浪到天奇。
舟楫空中度，星辰水面移。
回澜冲舵急，落叶带烟披。
大势吞秦障，丰功勒禹碑。
东溟思献雉，涉此敢云疲。

燕关秋夜寄留边杨丹岩

愁看燕雁向南飞，万里劳臣尚未归。
恋国犹余数行泪，凭风吹上子云衣。

再寄杨丹岩

久客他乡即故乡，并州风景似咸阳。
九秋听雁登高阁，半偈寻僧到上方。
黄叶黄河过水驿，孤舟孤月挂牙樯。
只因更宿燕台下，回首闽南一断肠。

京邸中秋 时皇上亲统禁旅西征葛尔丹，凯旋，颁诏中外。

秋光此夜十分清，大地河山尽水晶。
况复西征新奏凯，欢声月色满皇城。

都门九日

神京宫阙绕长濠，碧汉云清望彩旄。
晓露喷黄仙菊润，秋山含紫帝城高。
应知名士登台乐，敢说陪臣作赋豪。
圣代即今声教远，搜奇何用更题糕。

赐宴春官

九重传旨宴中山，柔远恩深礼法宽。
日射锦堂开绮席，霞流晴树抹朱栏。
仙醪光映黄金盏，天馔香浮赤玉盘。
饱食敢言还卜夜，欢声一路下春官。

午门颁币

鸿胪高唱午门开，币帛鲜新簇帝台。
花织一枝梭几转，丝牵五色络千回。
黄金榜映云霞灿，赤羽旗飘锦绣堆。
东海君臣何以报，承恩竞捧出蓬莱。

都门留别鸿胪李元章先生

握手交虽浅，论心兴不孤。
苑钟催刻烛，山月照投壶。
折柳归仙署，携琴出帝都。
不知沧海外，犹得见君无。

出都

金勒丝缰白玉鞍，天书高捧出长安。
中原锦绣山川丽，江北江南立马看。

挂剑台行

张秋城下柳飞絮，云是当年挂剑处。
台前草长皆锋芒，烟雨萧萧名亦著。
忆别徐君走天涯，殷殷似爱三尺花。
丈夫腰间有生气，欲赠其奈长途赊。
缓辔归来吾事毕，冢上清秋风瑟瑟。
何物堪酬地下心，愁云四面吟蟋蟀。
囊中脱出旧芙蓉，荒垅高悬山霭封。

夜来光气射牛斗，隔段幽明路几重。
昔贤然诺有终始，不论患难与生死。
今人面热心先寒，君不见延陵吴季子。

晚泊淮阴感赋

淮阴客艇系江干，此地曾经隐凤鸾。
跨下吞声山色改，城边垂钓水流残。
霸王项羽空求将，丞相萧何议筑坛。
莫恨凄凉长乐夜，千秋知己泪难干。

过扬子江

维扬水阔放船宽，吴越山川纵目看。
归客帆樯冲浪急，连天星斗过江寒。
断烟日夜浮空际，胜地东南壮大观。
一叶飘然芦荻外，沙鸥无恙喜安澜。

京口江奕鸿守戎惠教《朔方吟》赋谢

铁瓮高城古润州，建牙儒将擅风流。
天涯结客凭诗笔，江上陈兵列画舟。
杨柳营前挥羽扇，莲花幕里曳轻裘。
文通独把新笺赠，他日相思一上楼。

姑苏台怀古

霸图零落独悲歌，极目湖干水自波。
茂苑凫鹥争浅草，荒台麋鹿走晴莎。
绮罗队里愁何限，丝竹声中怨更多。
惟有馆娃宫夜月，至今犹复照藤萝。

游虎丘

簇簇笙歌没虎丘，桃花面腻柳腰柔。
可怜第一姑苏月，照得游人尽白头。

寒山寺读唐户部员外郎张懿孙先生枫桥夜泊石刻

大历诗人晚泊舟，枫桥霜月思悠悠。
请看石上留题句，尽是寒山寺里秋。

姑苏送谢尔绥孝廉还闽

同作燕台客，君先过虎丘。
放船风正稳，献策稿还留。
残雪红梅驿，微波白鹭洲。
仙霞看不远，独我忆并州。

姑苏省墓 二首

先君讳泰祚，号景阳。为中山世臣，勤劳王事，精白一心。癸丑十月护贡进京，甲寅五月回至江南，闻闽变道梗，留滞姑苏。家国忧心，奄奄病笃。越乙卯，捐馆，葬于吴县。不孝顺则于甲子观光帝阙，便道拜省，抵今一十四载。重瞻墓木，血泪横流，感赋二律以志依恋云。

劳劳王事饱艰辛，赢得荒碑记故臣。
万里海天生死隔，一时父子梦魂亲。
山花遥映啼鹃血，野蔓犹牵过马身。
依恋孤坟频恸哭，路旁樵客亦沾巾。

忍着霜露下苏州，十四年中泪复流。
鹿走山前松径乱，乌啼碣上墓门秋。
凄凉异地封孤骨，惭愧微官拜故丘。
过此不知何日到，茫茫沧海望无由。

西子湖感事

西子湖头唱竹枝，不禁往事系人思。
波涛白昼钱王弩，风雨苍山陆相祠。
衣湿云香三竺路，囊余柳色六桥诗。
难将东海劳臣意，说与栽梅处士知。

过苏小墓

桃花面冷夕阳低，香冢烟深鸟乱啼。
我为蛾眉伤薄命，一鞭含泪过湖西。

谒四贤祠

两朝冠冕庙门开，野服何缘入得来。
只为千秋存大节，岂徒一代重高才。
公侯遗爱鹃啼切，刺史风流雁过哀。
唯有孤山梅未谢，整衣瞻拜独徘徊。

拜岳鄂王墓

森森古柏墓门风，大醉黄龙事已空。
当日何人灭宋祚，可怜三字死英雄。

苏堤观柳

种得浓阴绿过桥，风流应共柳萧萧。
至今堤上留青眼，不向游人斗舞腰。

湖心亭

轻摇柔橹上湖亭，南北峰高列翠屏。
夹水蜃楼回浪白，孤城雉堞拥潮青。
棕榈叶静林风软，杨柳枝分岸雨停。
暂息劳生来此地，豁然如在梦中醒。

飞来峰 二首

峰既能飞来，何不仍飞去。
落落寺门前，谁人堪与语。

独立乱草中，无翼难高举。
今日湖西头，相看吾与汝。

兰溪雨泛

城南瀫水古兰溪，天压轻帆众岫低。
大泽秋阴寒草树，平沙风急乱凫鹭。
酒垆含雾青帘远，东阳出名酒。羊蹙拖烟白石迷。
欲访贯休狂草法，萧萧西岳一乌啼。

黄初平牧羊山中，道人引去四十余年。兄寻获之，问羊何在。初平叱白石，皆起成羊；贯休善草书，能诗，著有《西岳集》，俱兰溪人。

小武当山八景

一笔峰

玉皇天案校书仙，侍草通明彩笔鲜。
自赠墨池词赋客，山中含露已千年。

绿云岭

遥见巫山一段云，原来神女挽螺纹。
风梳雨沐新妆罢，独立阳台自不群。

望江台

曲曲清江可溯洄，凭高望去浪花开。
天然一片观涛地，不识何年筑作台。

仙人床

紫苔岩上石床悬，百丈游丝一缕烟。
高枕若容刘阮卧，天台何必问神仙。

红花石

闲看石上太湖花，仿佛岩头落彩霞。
岂是支机移织女，何年博望更浮槎。

石岩洞

悬岩风雨欲黄昏，石隙开天古洞门。
溪上桃花流片片，渔郎错认武陵源。

石壁泉

石壁千寻峭到天，太虚一气涌年年。
九重圣主当阳日，甘露香中出醴泉。

仰天狮

建水层峦断复连，中间一兽蹲青烟。
云龙雾豹深藏久，不及狮峰得仰天。

建溪舟中梦游武彝

客子将归梦武彝，喜看三十六峨嵋。
汉边星向千峰转，涧底风从九曲披。
玉女巧梳盘凤髻，山僧闲唱采茶诗。
觉来依旧溪头月，堠鼓声声欲曙时。

琼河解缆

帆落琼河后，风沙尚满衣。
最怜梅未谢，留待使臣归。

雪堂纪喜

神京返棹喜相从，依旧开毡得所宗。
挥洒山川看倚马，亲承风采想犹龙。
七年重立门前雪，千树唯瞻海上松。
坛坫未更还问字，醒人时有数声钟。

喜宪副林玉岩先生惠序燕游草赋谢

壶兰秀色萃书仙，沧海曾传博望贤。
万里藩臣瞻典礼，九天星使上楼船。
采风远及扶桑国，校士全收贵筑篇。
小草得邀元晏笔，笺头香气夜生烟。

留别闽中诸同游

多谢诸公爱不才，论交时上驿亭来。
春窗对酒莺声早，夜榻分题蝶梦催。
何以职方中外隔，遂令画舫海天开。
从今消息凭鸿雁，每至深秋便溯洄。

送徐太史还朝 *

春风回暖送君旋，一点云帆入远烟。
万里简书归阙下，半江彩鹢到门前。
张骞槎自天边转，苏轼文从海外传。
莫道归装无长物，尽收景物入诗篇。

中山东苑八景

东海朝曦

宿雾新开敞海东，扶桑万里渺飞鸿。
打鱼小艇初移棹，摇得波光几点红。

西屿流霞

海角晴明屿色丹，流霞早晚涨西峦。
若教搦管诗人见，定作笺头锦绣看。

南郊麦浪

锦阡绣陌丽南塘，天气清和长麦秧。
一自东风吹浪起，绿纹千顷映溪光。

北峰积翠

北来山势独嵯峨，葱郁层层翠较多。
始识三春风雨后，奇峰如黛拥青螺。

石洞狮蹲

仙桃花发洞门开，猛兽成群安在哉。
将石琢为新白泽，四山虎豹敢前来。

云亭龙涎

凌云亭子有龙眠，吐出珠玑滚滚圆。
今日东封文笔秀，好题新赋续甘泉。

松径涛声

行到徂徕万籁清，银河天半早潮生。
细听又在高松上，叶叶迎风作水声。

仁堂月色

东方初月上山堂，万木玲珑带晚霜。
照见皇华新铁笔，千秋东苑有辉光。天使翰林汪公匾曰“东苑”。

寄怀学宪林玉岩先生

一别悠悠十载余，何堪更赠数行书。
喜承皇甫先生笔，予《燕游草》荷先生赐序。
难曳龙门太史裾。予阻关津，未及踵谢。
天汉风晴船去疾，海邦秋老菊开初。
南来鸿雁无消息，万里离心寄鲤鱼。

寄怀鸿胪萧子贻先生

客路同来远，贤劳北至南。
月卿新使节，天阙旧朝簪。
才献谈心酒，难留复命骖。
只今沧海外，极目更何堪。

寄怀鸿胪李元章先生

帝里论交地，东溟一望遥。
藩封悬岛屿，仙署入云霄。
树色烟中寺，涛声月下桥。
此间容览胜，离恨总难消。

寄怀候官明府谭古庵先生

才子谁言出牧难，南闽山色映郎官。
池中泼墨看鱼啖，花里开琴对客弹。
薄俸每思分养鹤，边城何幸独栖鸾。
使臣深感题诗赠，几度登楼夜月寒。

寄怀郡司训戴叔子先生

曾传注礼旧家声，此日春风泮水清。
皋比十年存古道，蛮笺五月写离情。
东溟烟散扶桑晓，南国云开苜蓿晴。
两地相思不相见，只余明月上高城。

寄怀太史林竹[illegible]先生

水自龙门一派通，先生与予业师陈昌其同研席。余波深喜借名公。
花笺分叶书新句，予言旋时，先生有诗赠别。画舫乘潮趁好风。
临海桥晴看夜月，凌云亭旷跨朝虹。临海桥、凌云亭皆中山胜地。
每游胜地频翘首，尽把离心寄塞鸿。

寄怀陈昌其夫子

入闽两度拜元龙，但觉古高并古松。
挥洒山川文曲折，流连花月语从容。
荷香出水愁方别，梅信过江梦更逢。
坐我春风仙帐里，醒来只有寺门钟。

寄怀陈士知世兄

吾师于吾若父子，世好弟兄吾与尔。
两度琼江共一心，惓惓深情何无已。
忽传好风自南来，咸欲扬帆抵马齿。
芙蕖香里尽一杯，但觉愁云四面起。
始信文通得我心，从古销魂别而已。
还家几时早梅开，遥折一枝寄双鲤。
忆别师时无一言，临行只云吾老矣。
我既归来何忍闻，愿君努力奉甘旨。

寄怀王阆洲

送君作客去东瓯，我亦旋登泛海舟。
烛汉天书光赤日，摩空高鸟掠丹丘。
八年两度离亭泪，万里三秋过雁愁。
献雉帆开频寄语，为传消息到王猷。

寄长史郑克叙

并辔当年上帝京，予甲子岁同克叙曾游都门。至今犹忆旧交情。
思家共话金台月，返棹曾过铁瓮城。
古井春生书带草，词林时听鹧鸪声。
东溟长史如相问，万里封章奏圣明。

琼川寄周熙臣

东封万里路茫茫，况隔天涯水一方。
月自家山来寂寞，箫从客邸度荒凉。
翠云楼上裁青史，白雪堂前寄素章。
知尔得君须献赋，论文何日共飞觞。

送王孔锡之东瓯

九万高鹏出汉年，莺花三月浙河边。
酒垆醉后应狂草，野店诗成好放颠。
风雪过桥驴上客，烟云落纸画中仙。
灞亭还识将军面，五马坊前快着鞭。

送无弦上人还京

封章入奏九重天，喜遇支公在日边。
皇路旧难容野性，帝乡今始有真禅。
同舟每话山川胜，并辔方知笔墨妍。
忽载客途书画去，上人能书画。重逢未识又何年。

留别陈昌其夫子

楼船归去疾，回首草堂光。
孤掌扶星斗，双眉老雪霜。
空山无历日，圣代有文章。
吾道东来好，其如别恨长。

梁津（1665—1701）

原名汉，字得济，称嘉地亲云上，梁邦翰之次子。康熙二十一年（1682）因接贡之便，赴闽读书习礼，历时七年归国。三十六年奉命为接贡存留通事，因病辞而不行。三十七年协助蔡铎纂修《中山世谱》，于康熙四十年病卒，时蒙王世子赐物慰问。

雪堂纪荣

东封苑里有天葩，疑赐河南立雪家。
似铁未曾缘火铸，如棕宁肯受风斜。
龙腾瀚海鳞笼日，凤起高冈尾带霞。
沈约偏难临绮席，予因病未赴。但将寸管纪光华。

周新命（1666—1716）

字熙臣，称目取真亲云上，官至正议大夫。曾于康熙二十七年（1688）随琉球使团赴闽游历，读书习礼七年。回国后多次奉王命担任久米村讲解师。其汉诗文集《翠云楼诗笺小启》分为诗歌与尺牍两部分，收诗32首，尺牍5通。诗歌多写与人交游酬唱，赠行送别及思乡怀人。该集前有竺天植、陈允溥所作序文。其中，竺天植为周新命、程顺则等琉球诗人业师，自是对其了解颇多，序称“问字于余。三年于兹，见闻既广，落笔沉酣”，言周氏“造于古也必矣”。陈允溥序文则誉其诗“雍容而尔雅，和易而入人”“彬彬有中州气习”。

寄程宠文

与子握手别，愁心绕故乡。
驿亭花径冷，江路草桥荒。
客梦随山月，溪声落雪堂。
故人如问我，万里一空囊。

钓龙台怀古

江上荒台落日边，不知龙去自何年。
殿檐花满眠鼯鼠，辇道苔深哭杜鹃。
遗事有时谈野老，断碑无主卧寒烟。
凄然四望春风路，纵是莺声亦可怜。

过黄石霞斋头

琼川积雪野梅香，仿佛河南旧讲堂。
忽听书声松际出，偏怜孤客滞他乡。

登石鼓岃崱峰

独立闽山第一峰，悠然四望海天空。
凌云闲倚千秋石，拂袖时来万里风。
古堞迷茫飞鸟下，故园隐现暮烟中。峰头望见海中为大小琉球云。
喜今近远波涛静，共仰车书万国同。

怀梁得济

草堂忆汝正逢秋，风带涛声上驿楼。
残月空山惊旅梦，浮云远树动离忧。
音书望断云中雁，身世疑同水畔鸥。
别恨更深何所寄，灯前作赋暗销愁。

寄郑克叙

万里中原草色寒，凄凉古驿度更残。
故园谁下陈蕃榻，异地空弹贡禹冠。
山月多情窥户好，海天有路泛槎难。
离人一纸相思字，只恐开缄不忍看。

和林端木初冬集饮梁得声望中楼韵

漠漠寒云覆晓霜，东篱犹带菊花香。
琴留古调时三弄，诗咏伊人水一方。
竹里杯斟茶始熟，炉中香满夜初长。
不妨此际同敲句，湘管闲将扫醉乡。

怀程宠文

万里云山望渺茫，伊人宛在水中央。
一天月好多离思，四壁蛩寒独断肠。
知尔名园闲作赋，愧予古驿静焚香。
江湖满地愁羁旅，握手何时话故乡。

高楼远眺寄怀旧友

一别家乡近五秋，高楼独倚望芦洲。
缘堤鸟语惊残梦，隔水苍葭忆旧游。
渺渺平沙迷野树，萧萧落日带孤舟。
无情鸿雁音书杳，何日传杯散客愁。

九日登九仙观

当日仙人去不还，那堪重九独登山。
风高落帽人何在，笔懒题糕句可删。
天外松涛吹梵响，空中阁影带云闲。
一从戏马销沉后，惆怅荒台夕照间。

秋日怀梁得远

远是山光近是烟，空庭秋色更堪怜。
临风玉树人何处，古驿萧萧一榻悬。

秋兴

无边木叶下秋风，楼外云山四望中。
满眼烟光都在菊，一林霜气半宜枫。
离情每向闲中切，玄草还从醉后工。
岁月易过生幻想，好携瓢笠访崆峒。

古驿题壁

山形依旧倚层楼，四壁萧萧忆昔游。
满眼风烟迷古道，一天月色度江州。
飘零孤剑莼羹美，寂寞疏砧客思悠。
安得中山桑落酒，酩然一醉不知愁。

送郑克理归中山

五月榴花映别觞，离歌一曲断人肠。
孤帆海上乘风去，万里长天望渺茫。

雨后晚眺

向晚平原雨乍晴，萧条驿路绿苔生。
云中半现青山色，野外遥添瀑布声。
不尽苍茫孤树影，几番登眺故园情。
江楼独坐频搔首，风拂烟村映水明。

咏菊

老圃秋容迥出尘，疏疏落落有精神。
孤芳似与春为妒，晚节偏宜月作邻。
岂共佳人称彼美，恍疑高士是前身。
自从彭泽归来后，结伴东篱友逸民。

秋夜望中楼同友人对酒

伐木丁丁赋友生，相将携酒破愁城。
自怜酬世文章贱，莫负传杯肝胆倾。
夜月侵阶蛩语乱，秋风落叶雁声清。
含情共话中山事，挑尽残灯欲二更。

暮春即事

草满池塘水满堤，露寒微月印花枝。
子规不信春归去，犹向芸窗夜半啼。

坐月

万里江天云气收，卷帘秋色上层楼。
今宵醉里凭栏望，明月芦花动客愁。

送蔡绍斋归中山

榴花五月映杯红，客子归舟泛海东。
杨柳亭前骊唱急，蘼芜路上马蹄空。
诗囊尽谱中州胜，画舫遥牵锦缆风。
我滞他乡君返棹，相思还借梦魂通。

春初宴集王怀宪使君客楼

何必临春载酒游，一杯无过是登楼。
青山留客陈蕃榻，高士倾人郭泰舟。
痛饮最宜今夜事，联床堪慰异乡愁。
年来风景成燕赵，意气凭君慷慨收。

秋日集饮程素文江楼迟业师陈昌其不至

乘兴频登百尺楼，一江风雨未曾收。
意中有客难同醉，不觉思君又感秋。

九日登碧山寺

上方邻雉堞，幽寂出尘区。
客里逢佳节，山中款素厨。
黄花含晓露，芳草隐秋凫。
不尽登临兴，疏狂笑野夫。

金溥（1668—1708）

字浩然。原是阮起龙第三子，因金守约无子而入继宗祧。先后任职通事、都通事。康熙二十三年（1684）赴闽读书习礼，二十七年随贡使上京。三十二年担任存留通事，三十六年奉命与蔡铎等人重修《历代宝案》，担任督抄官。曾两次奉王世子尚纯之命，赴闽学习养鹰之法、砚石之法，四十二年担任接贡大通事再次来华。

恭题王世子赐程顺则凤尾蕉

颁来铁树有辉光，岂与寻常草共芳。
日照龙枝麟甲动，风来凤叶羽毛翔。
托根内苑曾沾露，移植中庭不碍霜。
立雪堂前承宠后，徂徕高并古松苍。

梁成楫（1668—1702）

字得远，梁邦翰第三子，久米村人。康熙二十五年（1686）同阮维新、蔡文溥等人随贡使来华进京，以官生身份在国子监受业。此为清代首批琉球来华官生，康熙三十年考核合格后随进贡使回国。次年奉命担任久米村讲解兼读书师，作《进贡表》并《谢官生表》及礼部、布政司咨文。三十三年任朝京都通事，奉使来华。三十六年与蔡铎、王可法等人纂修《中山世谱》。三十八年为王世孙担任讲解师，讲“四书”。四十年充任接贡都通事，回国途中遇险身亡。

雪堂纪荣

铁木由来天上枝，恩深偏为近臣移。
酬功不待膺封日，树德尤宜未老时。

凤尾翩翩张夜月，龙鳞点点映朝曦。
雪堂今日新承宠，纪胜原须共赋诗。

王可法（生卒年不详）

称国场亲云上，祖籍福建省龙溪县，官至紫金大夫。万历十九年（1591），其先祖王立思奉旨迁居琉球以补三十六姓之缺。康熙二十四年（1685），可法拜授长史司，三十六年随紫金大夫蔡铎督编《中山世谱》。徐葆光册封琉球时，王可法位居紫金大夫。有赠徐氏诗，收录于《中山传信录·中山赠送诗文》。徐葆光《中山传信录》载，康熙三十二年，中山王遣耳目官马廷器、正议大夫王可法等入贡方物，宴赉有差。可知其曾充任贡使来华。

徐太史重书天泽门 *

前朝巨榜已无存，椽笔重书天泽门。
扶杖来观还旧迹，摩娑老眼见朝暾。

天使馆仪门上，前朝万历中册使夏给谏子阳书“天泽门”三字，久失去。徐太史重书，顿还旧观。

元仁（生卒年不详）

字东峰，名护岳万松院僧，不羁的弟子。徐葆光《中山传信录》载：“不羁徒二人，一曰德叟，今在莲华院；一曰元仁，字东峰，别开院于北山名护岳上，仍名万松院。年五十余，亦能诗。”徐葆光有《天授山万松院歌为东峰上人赋》诗，写道：“我闻中山万松院，旧有名僧号不羁。同伴苦吟三老衲，瘦梅宗实俱工诗。……白头法嗣有东峰，开院北山仍万松。自言身住最灵境，天花云石相葱茏。山名天授不可到，但求诗句标幽踪。数言楚楚字画劲，一斑直已窥宗风。”元仁回赠诗二首，可与并观。

酬赠徐太史 *

蒙惠山僧金玉篇，瑶笺宛若降于天。
胸罗二酉才偏富，笔扫千章语倍鲜。
廉节流恩涵海岳，高文写物遍山川。
焚香捧读清人骨，好作空门世宝传。

又送一首

衔书彩凤下天边，翰苑先声海国传。
枉驾空山寻北衲，挑灯秋夜话东禅。
争传史笔推班固，竞说才名似马迁。
册礼欣成回绛阙，思君几度对瑶篇。

阮维新（生卒年不详）

字天受，其先祖福建漳州府龙溪县人。明万历时，有阮国字我萃者，与毛国鼎同奉命居琉球，官正议大夫，充万历三十四年（1606）谢封使，传四世至维新。康熙二十七年（1688），维新以官生身份，与梁成楫、蔡文溥、郑秉均等人同批来华，就学国子监。累官紫金大夫，康熙四十七年游京华，康熙末年充任进贡使再次来华。

奉送徐太史 *

病卧经年欲退耕，喜逢大典结朝缨。
风仪方仰天家使，姓字偏知太学生。
枯树逢春荣有色，征帆催客去无情。
桥门石鼓摩娑遍，旧识烦君一致声。

蔡文溥（1671—1745）

字天章，号如亭，久米村“闽人三十六姓”蔡氏后裔，蔡应瑞之子，官至紫金大夫。蔡文溥与阮维新、梁成楫等人乃清代琉球遣往北京国子监的第一批官生。后又于康熙三十八年（1699）任接贡使赴闽。四本堂为蔡文溥堂号，其《四本堂诗文集》可代表第一批官生诗文学习成果。该集先文后诗，收诗凡125首，除去状物抒情、赠答往还之作外，值得一提的是，蔡氏诗中出现不少山水田园诗，这与其亦官亦隐的经历和人生追求不无关系。闽人刘敬与所作序文称其“正当强仕之年，遂以解龟谢病，不预外事，日与古人为师友，久而学殖益富，才力益老，卓然成一家言”，可谓知人论世。此外，康熙五十八年徐葆光《题〈四本堂集〉后四绝句》，诗中称许蔡氏曰“君是中山第一才”。

初春过仙霞关

雄关千仞与霄邻，锁钥南天护八闽。
游子过时梅正白，看花一路喜逢春。

春日同明大文阮秀才登岁崱峰

春登岁崱最高巅，何处风光不眼前。
危蹬千层浮翠霭，飞涛万顷拍长天。
烟笼花气侵衣带，洞咽泉声奏管弦。
今日与君须尽兴，重游此地是何年。

上巳同诸友集饮江楼

几年北阙苦淹留，诏许辞归到驿楼。
花柳多情逢客笑，山川有意待人游。
兰亭胜事虽难继，琼水风光尚未收。
相对一樽期尽醉，当欢又动故园愁。

暮春有感

江楼客子叹年华，海燕横飞掠浅沙。
细柳含烟牵绿线，残桃经雨落红花。
九仙山暗春将暮，螺女江空日已斜。
遥忆高堂双白发，不堪书剑滞天涯。

江楼新晴

客楼初霁望郊原，树色苍苍锁石门。
野水光浮新柳岸，残霞远落白云村。
江边渔笛吹沙鸟，泽畔狂歌送岭猿。
宿雨渐收岩壑秀，拟移轻屐问桃源。

驿楼坐雨

客中对雨又经秋，古驿凄其独上楼。
千里浓云从北向，一江狂雨逐东流。
归鸦乱噪投庭树，旅雁哀鸣下蓼洲。
何事栏干频徙倚，乡关不见使人愁。

别意

书剑飘零隔远天，别时何敢计言旋。
鹏抟虽是男儿志，堂上椿萱已暮年。

和陈昌其先生驿楼夜话原韵

碧天云已尽，苍海月初生。
解榻留高士，焚香话旧情。
文章归大雅，学业愧虚名。
今夜欣相对，楼高秋色清。

钓龙台怀古

乾坤留古迹，千载使人哀。
废井堆黄叶，空阶长绿苔。
寒鸦归树宿，野菊傍烟开。
霸业今安在，斜阳一钓台。

登望海楼

望海楼高欲接天，登临过客倍堪怜。
猿偷园果鸦争噪，草长阶除鼠昼眠。
檐溜摧残空寂历，夕阳斜照冷凄然。
繁华当日今安在，惟有朱栏销暮烟。

病中奉呈法司马公

辅君理国致升平，麦陇传赓雨露声。
四境欢娱人尽醉，万家歌舞夜无惊。
共言东海贤才盛，更喜公门桃李荣。
惟有休文长卧病，青山老却负时明。

东宫菊花应教

最爱秋花独傲霜，托根鹤禁带恩光。
嫩枝点玉重重白，细蕊浮金朵朵黄。
雨歇亭皋添秀色，风生篱下送幽香。
曾闻仙菊能延寿，特为东宫泛酒觞。

病中喜瑞庵向先生过四本堂话旧 二首

一卧江头两鬓凋，愧将岁月药中销。
喜君驾枉蓬茅里，玉麈高谈破寂寥。

拥褐煨炉经十载，庄周枕上喜君来。
雄谈不必真消病，栩栩风生亦快哉。

题天使院种蕉图

数株蕉扇半遮空，仙客栽培兴不穷。
虚槛笼阴消暑气，幽窗伴月引凉风。
飘摇影出高墙外，掩映绿浮一院中。
拟似辋川当日景，好将图献未央宫。

赠翁先生

使君原是梁园客，名重梅花百咏篇。
剑佩遥临光岛屿，琴樽潇洒遍山川。
谈禅访衲王摩诘，对酒题诗李谪仙。
愧我病缘终浅薄，愁心夜夜总难眠。

徐太史枉过四本堂志喜

陋巷萧萧一草堂，翘翘旌旆下寒乡。
村僮也识朱轮客，咸道文星载路光。

送禹惠鲍先生归吴 二首

征旗晓动绕烟霞，万里吴山去路赊。
古驿花飞沾客袖，海门潮满送归槎。
名传东国无双士，诗著中州第一家。
别后不堪回首望，浮云落日各天涯。

先生幕府参谋客，笔底烟云倚马才。
宝气龙光冲斗宿，冰壶玉润绝尘埃。
诗题东海吟霜月，心注西湖看腊梅。
浪静帆轻归棹稳，天风直送到苏台。

秋夜寄怀苏州禹惠鲍先生

山堂一自故人回，门巷萧萧长绿苔。
曾忆露桃花下别，忽惊篱菊雨中开。
夜深槛外寒砧急，月落楼前过雁哀。
此际思君愁不寐，霜华拂面独排徊。

春日病窗书怀

因疴解组久辞朝，十载江头卧听潮。
半箧诗书供蠹尽，百年心事向云消。
频将竹叶销愁思，时托丝桐破寂寥。
最是不堪肠断处，杜鹃枝上泣通宵。

同乐苑八景

延贤桥

江芷汀兰映水青，风飘香气到前庭。
曾传东阁招贤地，可胜圆桥聚德星。

恤农坛

明王轸念草莱民，时上农坛望亩频。
省敛省耕行补助，海邦无岛不生春。

洗笔塘

一曲银塘供洗笔，光浮星斗自成文。
金鳞列队争吞墨，仿佛龙宫献彩云。

望春台

台上新晴宿雾披，鸾旗掩映日迟迟。
春和淑气催黄鸟，正是农工播种时。

观海亭

峰高路转欲凌云，亭上风光自不群。
纵目远观沧海外，登临何异读奇文。

翠阴洞

人间似隔红尘外，错认桃源有路通。
阴锁洞门闲寂寂，惟余鹤梦月明中。

摘茶岩

香出琼楼阆苑种，长承雨露叶苍苍。
春来每向岩头摘，先制龙团献我王。

种药堤

闻道仙家延寿草，移栽堤上自成丛。
莫教刘阮长来采，留与君王佐药笼。

琼河秋兴

驿邸风高瓦有霜，眼前景物渐荒凉。
空山残照薰黄叶，古岸寒烟抹白杨。
秋色此时伤宋玉，德星何处聚炎方。
客中犹倚楼头坐，不待哀鸿已断肠。

饯秋

白露横江接画楼，朝朝闲看白云游。
客中剧有离乡恨，才送春归又送秋。

菊影次徐太史韵

静夜闲行想夙因，忽于篱畔喜相亲。
飘然隐逸成忘世，迥矣幽香不近人。
红粉灯前终是假，丹青月下画难真。
迷离踪迹谁能辨，疑是陶潜醉里身。

山居 三首

一生因性懒，寄迹白云间。
日对青山外，烟霞逊我闲。

设榻无人境，幽栖与石邻。
此中堪养拙，入梦只松筠。

构屋但容膝，已堪安此身。
瀑声当面落，更好洗烦尘。

陈其湘（1673—1722）

字楚水，号全信，陈初源之子，历任通事、都通事、中议大夫，官至正议大夫。康熙三十一年（1692），陈氏曾作为赴闽勤学生在福州学习音乐，历时六年。归国后奉命在御书院教授音乐。康熙四十年以接贡船存留官身份来闽，四十三年担任读书师匠，翌年充接贡都通事，四十七年为北京都通事，奉使进京。五十三年再次充任进贡都通事，六十一年为进贡使。周煌《琉球国志略》载，“（康熙）六十一年，王遣毛弘健、陈其湘入贡，附遣官生四人入监，至闽洋触礁，俱溺死”。其船至福建横山洋面触礁，陈氏连同全船一百二十人卒于海上。册封使徐葆光《中山传信录·中山赠送诗文》记其诗。另外，徐氏册封琉球时，陈其湘担任接封官。徐氏有《赠接封大夫陈其湘（字楚水、能华语）二十韵》。

种蕉使院

种蕉使院偏，暑月弄清快。
朝树夕荫成，凉飙倏如洒。
赫赫扶桑隅，化作清凉界。

向凤彩（1674—1724）

字瑞庵，称今归仁按司。康熙三十年（1691），继承其父今归仁间切总地头职务。徐葆光册封琉球时，向氏任察侍纪官。徐氏有《访向凤彩仪保村》诗云:“寻君仪保村，深掩绿萝门。松日上书幌，岩花落酒尊。”向氏诗见录于徐葆光《中山传信录•中山赠送诗文》。

奉赠徐太史 *

太史声名重帝京，一行华彩满东瀛。
新词独出标天秀，异域争传学凤鸣。

阮瓒（1678—1744）

字赞玉，号龙文。康熙三十七年（1698）起，在福建习礼读书七年。此后相继任通事、讲谈师、长史、宜野湾间切新城地头职。康熙五十一年、五十五年，两次充任赴京都通事随进贡使来华。徐葆光册封琉球时，阮氏位居长史。《中山传信录 • 中山赠送诗文》录其诗一首。

城岳松下集字即席赋呈

消暑古松下，琴书草际横。
奇思编碎锦，集字总天成。

尚祐（生卒年不详）

字佐庵，琉球王族，徐葆光册封琉球时，尚祐位居国相。据《中山世谱》载，康熙五十一年（1712），尚祐续国相尚纲而任国相，直至康熙六十一年。其诗见录于徐葆光《中山传信录·中山赠送诗文》。另外，徐氏《喜雨诗赠国相王叔尚祐》诗有言：十月下稻种，祈雨，雨坛在丰见城，城为国相采地。

送徐太史归国 *

君子归兮，其泽维遗。其泽维何，恤我实多。
草木无心，风来必偃。君之高风，如兰九畹。
海天万里，重晤难求。旌麾靡驻，恩德维留。
元辅储德，指日以升。海东有众，永歌令名。

蔡温（1682—1762）

童名真蒲户，字文若，称具志头亲方。蔡铎之子。官至国师兼法司。法司之位，一向不授予久米村闽人三十六姓后裔，蔡温在清代是空前绝后的一人。其著述颇丰，今存有《中山世谱》《图治要传》《要务汇编》《实务汇编》《蓑翁片言》《山林真秘》《醒梦要论》等，而与中琉士大夫多有诗文唱和，惜其汉诗集《澹园集》今已不存。故而《晚晴簃诗汇》等文献所存蔡温汉诗颇显珍贵。

吴我天底道中

林树冥蒙隐碧天，穿行忽睹数家烟。
藤萝拂袖露常湿，石径横云马不前。
山远时添游客恨，潭深疑有毒龙眠。
何年此地开幽境，断绝风尘学散仙。

千手院访赖全上人

僧寺从来爱碧山，上人独傍万家湾。
松花落地茶方煮，竹径临江门不关。
旷野晨钟千树秀，半窗夜月一心闲。
应知传说蓬瀛处，只在风尘咫尺间。

奉送徐太史归国 * 二首

颁封来汉使，鲛窟睹天麟。
陟海鱼龙静，乘风羽盖新。
威仪将国典，廉节抚夷民。
莫谓中山僻，歌声达紫宸。

旌麾辞北阙，驿路到江乡。
麟服荣家庆，龙章册国王。
人门瞻上国，风采播殊方。
豫算还朝日，萱庭花正芳。

毛邦秀（生卒年不详）

字峻山，徐葆光《中山传信录·中山赠送诗文》记其为国丈。徐氏另载，“首里四大姓：向、翁、毛、马。国丈毛邦秀，今王尚敬之外祖”。知毛氏是首里四大姓氏之一，毛邦秀则为尚敬王之外戚。徐葆光有《冬至前三日偕正使海公游凌霄亭赠主人王舅毛公四首》赠予毛氏，毛氏亦以诗往还。

凌霄亭饮别

屋后凌霄亭，岧峣出云表。
空岩滴松雨，仄磴隐丛篆。
贵客健登陟，来游破清晓。
入门不就坐，振衣蹑缥缈。
螺铛煮广侧，酒瓠挂林杪。
噀手橘初熟，香盘槠新炒。
殊方乐虽异，丝管亦杳眇。
愿言尽此觞，起舞忽忘老。

红士显（1683—1733）

字子忠，先后任筑登之座敷、遏闼理官、都通事、长史，官至中议大夫。康熙四十七年（1708）为学书习礼事赴闽，五十年赴京师游历。康熙五十六年，担任接贡存留通事，在闽三年学习地理。康熙六十一年担任进贡二号船都通事，雍正二年（1724）再次担任都通事奉使来华。徐葆光《游山南记》有载："己亥十一月二十一日，偕紫金大夫蔡温、都通事红士显、从客翁长祚、黄士龙、吴份、弟尊光等，上下骑从百余人渡江截山而南。"可见其时交际。

使馆堂前徐天使植榕四株纪事

天家雨露洒扶桑，嘉树移栽敷命堂。
十亩清阴勤护惜，使臣手植是甘棠。

向圣赓（生卒年不详）

字元公，世家大族，徐葆光册封琉球时，向氏官居法司。徐氏归国之际，向圣赓有《末吉山即事送别》诗相赠，收录在《中山传信录·中山赠送诗文》。

末吉山即事送别

离筵倾别酒，队舞彩衣童。
载榼山亭上，吹箫松径中。
举杯邀落日，欲别起悲风。
此后龟山胜，登临孰与同。

向嗣保（生卒年不详）

徐葆光册封琉球时，向氏位居紫巾官。徐氏归国之际，向嗣保有诗相赠，收录在《中山传信录·中山赠送诗文》。

奉送徐太史归国*

迎风海浪大于岛，目送浮槎万里旋。
船峭九帆鹏翼展，天垂四面笠形圆。
壮观一任仙才赋，小国还凭史笔传。
传信至君方有录，好从贡舶惠新编。

毛光弼（生卒年不详）

那霸官，曾跟随册封使从客陈春树（字利州）学习音乐。徐葆光在《中山传信录》中记曰："国王遣那霸官毛光弼于从客福州陈利州处学琴，三四月习数曲，并请留琴一具，从之。"陈春树是福建长乐县诸生，能诗赋、书画，尤精音乐，从太史徐葆光册封琉球，留下文艺交流佳话。

从天使幕从客陈君学琴成声报谢

古乐入天末，七弦转南薰。
广陵遗调在，拂轸一思君。

梁得宗（生卒年不详）

字文在，曾任长史、进贡副使，梁允治之祖父。周煌《琉球国志略》有载，康熙六十年（1721），王遣毛廷辅、梁得宗入贡，圣祖谕将琉球国王照安南国王，于常赏缎匹数目外增添缎匹加赏，交来使赍回赐王，其正副使、通事人等各加赏缎匹有差。徐葆光《中山传信录・中山赠送诗文》存其诗。

燕集金福山下赋送

相从古松下，高高金福山。
仰止在咫尺，身亲霄汉间。
清言见今古，胜概出尘寰。
使事无淹没，灵查那可攀。

兰田（生卒年不详）

芝山衲。该诗见录于徐葆光《中山传信录·中山赠送诗文》，名为《徐太史题拙诗后见赠报谢》，可知二人有诗歌往来。

徐太史题拙诗后见赠报谢

衣里珠光恨未含，滥裁贝叶满空龛。
三千舌底澜翻偈，何似禅心在碧潭。

智津（生卒年不详）

石虎山衲，称梁天上人。徐葆光《中山传信录》在介绍首里所属村县时云:“赤平，在王宫北，有石虎山。”又称:“石虎山天庆院，僧梁天，名智津，亦能诗。山在赤平村。”《中山传信录·中山赠送诗文》收录智津诗一首。此外，徐葆光有《游奥山期梁天上人不至却寄》诗，云“高僧期不来，独听寒林磬”，可知二人文缘。

奉酬徐太史 *

殊方异语尽知君，太史声名独出群。
彩笔如椽摇碧海，驱来尽化墨池云。

心海（生卒年不详）

奥山衲。存诗一首，见于《中山传信录·中山赠送诗文》。据徐葆光《中山传信录》记载："奥山龙渡寺，在炮台西水中小土山。潮至，弥漫数十里；潮退，则平沙浅水，不胜舟楫。山旧为蛇窟，僧心海始辟之，蛇相率渡水避去。筑堤截潮，引泉种松。构屋五六楹，前方沼中小亭二所。遍地植佛桑、凤尾蕉等，颇可憩玩。"徐葆光有同韵诗《奥山僧心海送绿橘》，可互参看。

赠徐太史 *

此日无涯喜，从天降德音。
笔花生觉树，慧业契禅心。
松老开山久，林幽客坐深。
平添奥山胜，留供白云浔。

廓潭（生卒年不详）

天界寺衲。徐葆光《中山传信录》载曰："天界寺，在欢会门外道南。寺门北向。入寺西南石室，高丈许方广，中山王茔也。尚圆以来，诸王皆葬于此。"可知此寺作为琉球王室陵寝暨祭祀之所。廓潭《送菊使院》诗收录于《中山传信录·中山赠送诗文》。徐氏亦有《廓潭送菊（天界寺僧）》诗以答谢，诗云：一别东篱滞客槎，布金禅地烂秋霞。高僧分我重阳色，满把香浮天界花。

送菊使院

岛荒秋有色，寺冷只黄花。
莫叹东篱远，携来就客槎。

了道（生卒年不详）

兴禅寺衲。徐葆光《中山传信录》有载："兴禅寺，在圆觉寺北小径中。寺甚小，庭中黄杨、松、桂甚多。僧了道，旧时圆觉寺国师喝三之徒，能诗。"徐氏另有《圆觉寺八景歌为兴禅寺僧了道作》，可见二人交际。

酬天使徐太史 *

山院凄清落叶时，殷勤话旧及先师。
百年古寺增光彩，永镇禅林天使诗。

得髓（生卒年不详）

徐葆光《中山传信录》记其为天王寺衲。据徐氏载："天王寺，在圆觉寺东北，门前临溪，有古松四株，寺东有天王桥。堂上佛龛供佛，手持七星轮及刃，曰金刚也。堂西老松最奇。一钟为景泰七年丙子铸，上刻'天龙寺钟'，寺在浦添，寺钟有二，移其一于此。僧名得髓。"徐氏有诗《赠得髓上人（天王寺僧）》，得髓诗则次韵而成。

奉答徐太史 *

皇华贵客谪仙才，驺从无声小队来。
踯躅空庭无一语，瘦梅根畔踏苍苔。

天王寺昔有老僧瘦梅能诗。天使来访遗迹，徘徊久之。

德叟（生卒年不详）

莲花院衲。徐葆光《中山传信录》收录其《徐太史过访，屡问先师不羁诗卷，赋谢》，可知其为不羁弟子。莲花院又写作莲华院。徐氏《中山传信录》另记："万松院今改名莲华院，在天王寺之南。剪黄杨作径，两旁篱屏颇整。寺中方庭中有小土山，剪松树数株，蟠屈有致。汪使《旧录》称'万松院僧不羁与天王寺僧瘦梅及宗实相倡和'，今瘦梅、不羁皆化去。不羁徒二人，一曰德叟，今在莲华院；一曰元仁，字东峰，别开院于北山名护岳上，仍名万松院，年五十余，亦能诗。"周煌《琉球国志略》亦载，莲华院原为万松院，天界之支寺也，在天王寺之南。不羁徒元仁，别开院于北山名护岳，仍名万松院。徐葆光曾往访不羁诗集，并留诗云："不羁遗躅杳难寻，石径盘纡古院深。手种小松今偃盖，层层能作老龙吟。"德叟诗即在此背景下创作。

徐太史过访屡问先师不羁诗卷赋谢

古衲遗文已莫寻，频烦枉问见情深。
空庭剩有苍髯叟，偃屈难酬天上吟。

不石（生卒年不详）

不石是徐葆光《中山传信录》中记录的一位樱岛衲。关于樱岛，《中山传信录》记曰，山南省的麻文仁有山名"樱岛"。周煌《琉球国志略》亦载：樱岛山，在麻文仁村，山形如樱，丹崖碧嶂，故名。

题徐太史菊影诗卷后

檀槽隔院喧，满地霜华冷。
仙客独含毫，寒灯对孤影。

尚敬（1700—1751）

字允中，尚益子，承袭中山王。《中山世谱》记其“英明豁达，好学重礼”，在位期间国俗雍变，社稷奠安。《琉球入学见闻录》载，尚敬“恤农爱士，尤尊礼老成。国中政务皆亲谋独断，历久弗懈。滨海咸卤，王饬拨库储，修砌堤岸及那霸等处沟洫，民弗苦旱潦。山原高阪悉募民垦辟，栽种薯、麦、松、杉，听为世业。尊事天朝，职贡弥谨，护恤难商，络绎相望，屡蒙敕谕奖励。其奉母太妃克尽孝道，性习冲淡，不迩声色，旁无姬媵。宜其民物安阜，膺爵最久”。另载，康熙五十六年（1717），尚敬告其曾祖与其父之丧，并请封。五十七年六月，清廷命翰林院检讨海宝、编修徐葆光充正副册封使使。五十八年六月，至国，谕祭故王尚贞、尚益，宣诏敕封敬为琉球国中山王。乾隆十六年（1751），尚敬在位三十九年，卒。世子尚穆嗣，遣使告哀。尚敬王送别之诗，徐葆光有诗次韵以还，题为《答中山王赠行句并谢惠扇》，可互参看。

赋谢徐太史即送其归国 *

只饮山头一勺泉，灵槎攀挽易经年。
乍瞻玉册临荒岛，又送云樯入远天。
水驿还乡旌节丽，台阶耀色使星连。
八分墨彩留屏幛，展对如亲绛阙仙。

太史八分书《孝经》一通，作屏幛见赠。

蔡宏谟（1700—？）

蔡应瑞之孙，郑孝德之岳丈。称久高里之子亲云上、我谢亲方。雍正九年（1731），有苏州商船漂风至琉球，蔡宏谟跟随该船船员吴自成学习烧青石灰之法。乾隆十一年（1746），充仪卫正，赴江户庆贺将军袭职。《琉球入学见闻录》有载，乾隆九年郑孝德之父郑国观充朝京都通官，没于馆，葬张家湾。乾隆十九年，孝德年二十，随妇翁紫金大夫蔡宏谟入请封，乞省墓。此次进京，即《琉球国志略》所载“乾隆十九年，琉球国中山王世子尚穆遣其陪臣毛元翼、蔡宏谟等赍表恭请袭封”。

富士山诗 二首

初见人间有此山，此山何事落人间。
蓬莱谩道黄金阙，富士谁争白玉鬟。
巨麓跨经三郡界，高岭插破九天关。
欲知造化偏工处，八面无瑕总一般。

形胜岱宗老欲仙，八之字样坐安然。
雪垂白发长无秃，云复素衣转被穿。
低拱群山将伏地，受朝一柱足擎天。
钟灵护国常佳气，六十余州自万年。

尚彻（生卒年不详）

尚益王次子，尚敬王弟，称北谷王子，康熙末年（1722）至乾隆二十年（1755）间位居国相。徐葆光《中山传信录·中山赠送诗文》录其诗一首。徐氏在琉球时与王族贵戚多有交往，《赠王弟尚彻》诗云：“守礼坊边客再过（王弟邸在守礼坊外），临风未睹玉枝柯。弱龄事外耽文史，朱邸门中谢绮罗。何事可方为善乐，不群须是聚书多。共听刻漏（王宫前第二门榜曰‘刻漏’）时同被，花满楼前萼棣和。”

赠别徐太史 *

凤凰于飞越海东，翙翙其羽鸣嗈嗈。
八月来集佳楚峰，去我归兮乘长风。
乘长风兮不可止，天隔一方兮从兹始。
鹿毛笔兮茧纸书我情，以赠远兮聊尔尔。
我邦之思君子兮，如海之靡底。
繄予小子之有心兮，亦何能以已已。

梁允治（生卒年不详）

字永安，称外间亲云上。其祖即梁得宗，正议大夫，康熙末年（1722）充任贡使；父锡光，官都通事。乾隆二十五年（1760），梁允治与金型、郑孝德、蔡世昌等人同批入国子监就读。教习潘相记曰:“允治知读书，即喜从蔡澹园问津。家故多书，日夜披吟忘寝食，遂以其意绘《身心性命图》，又仿朱子《或问》法著《服制辨义》。乾隆二十二年，王选士入学，其大夫首举允治。允治年二十九，于四人最长，初入谒，即雍容有仪，执经书孜孜请问，日五七次不休，一句一字必求其至是，字义偏傍、声音清浊，不毫毛放过，诗文亦可观。”不幸的是，梁允治学业未毕而在华病卒。

入学呈经峰师

奇文诏许共窥探，万里从游意兴酣。
海外长瞻星聚北，帷前真喜派分南。
藏书有库常兼四，淑世余肱已折三。
遥听同门原济济，春风春雨楚山岚。

郑孝德（1735—？）

字绍衣。乾隆二十五年（1760），与梁允治、蔡世昌、金型等人入国子监受业，师从教习潘相。潘氏《琉球入学见闻录》对其祖孙三代均有记述："郑孝德，字绍衣。祖士绚，正议大夫，充雍正四年贡使。父国观，少有志趣；岁壬寅，北学于闽，从江某游；六年，始归。乾隆九年，充朝京都通官；殁于馆，葬张家湾。"另记郑孝德甚详："乾隆十九年，孝德年二十，随妇翁紫金大夫蔡宏谟入请封，乞省墓。二十五年，入学；伤父志未就，昼夜刻厉，孜孜问学不怠，手抄'四书五经'。儒先语，一衷于子朱子，尤玩味《小学》《近思录》等书。善书法、诗文，皆有规矩。"并为其题写座右铭曰"欲为海国无双士，来读天都未见书"，对其学业寄予厚望。而孝德不负所望，诗文俱佳，有长诗三十二韵恭庆皇太后七十大寿。其诗文多收在《琉球入学见闻录》艺文卷中，而《晚晴簃诗汇》所收《秋日偕蔡汝显游悯忠寺》为《见闻录》所不存。

秋口偕蔡汝显游悯忠寺

燕山九月秋，相约梵宫游。
树密禅扉静，苔深曲径幽。
香云笼古殿，花雨入经楼。
上界西风峭，钟声傍晚愁。

游陶然亭 有序

辛巳重阳前六日，堂师张函晖，邀同张颙斋，及我经峰师，游城南陶然亭，命德等随行。此地清幽绝尘，为天都名胜之区，贤士大夫之游观者，常络绎不绝。是日也，久雨新晴，金风清爽，芦叶弥川，菊花铺径，俯仰左右，真足以游目骋怀。矧两堂师及吾师，吟诗飞觞，谈古今，论人物，无非至教，生等侍列座末，其乐何极。既而斜阳在山，告归西序，余兴勃然，爰赋诗以志之。

携我探奇九月秋，陶然亭上喜从游。
放怀别具千年眼，望远欣登百尺楼。
菊近重阳香满地，风清佳日酒盈瓯。
座间谈笑皆明训，欢豁心茅益进修。

酬高丽李伯祥

延平衍派重王门，器宇峥嵘卜凤骞。
泛海双蓬逢辇下，洒毫三峡倒词源。
春暄驿邸谈今古，夜静儒廛引梦魂。
订日西胶亲扫榻，细将文史与君论。

春望

帝畿无地不春光，万里风恬化日长。
到处江山辉锦绣，望中云物焕文章。
青归柳线高低色，红入桃腮远近香。
俯仰乾坤双眼豁，一时新景拂诗囊。

赋得秋色正清华

早秋城郭雨初晴，极目江山景色清。
千里陌头金作绘，万家篱外菊含英。
摊书细对梧桐月，隐几常通玉笛声。
此日楼台多逸兴，谁家砧杵送离情。

秋雨叹

秋雨滂沱久未晴，陌头水涨断人行。
九衢珠桂腾金市，万户桑麻落玉英。
凭几常惊颓屋响，隔窗厌听滴阶声。
夜深剪烛摊书坐，四壁凄其动客情。

冬夜书怀

寒冬冷月照书帷，夜半拥炉有所思。
学步常忧中道废，潜修宁愿外人知。
心从静后能忘我，文到神来自得师。
倾覆须先防未满，悔尤每自小瑕滋。

接家信志喜

海外一帆渡重洋，舌耨笔耕傍六堂。
回忆离家经四载，思亲何尝一日忘。
年年空作登楼赋，雁飞曾不到炎荒。
有客忽从榕城至，遗我平安书一囊。
开缄惊视眶旋泪，捧诵一过喜欲狂。
天相蓬庐常迪吉，慈母康宁晚景昌。
从知万金何足宝，置书怀袖乐无疆。
孤身远道虽未返，欢心何异到家乡。

赠潘二仲焜

久闻芳讯望云霓，此日才欣接骏蹄。
宝树频怀三楚北，琪花惊拂六堂西。
风吹马帐同温暖，雪满程门共品题。
海国人欢随骥尾，相期文学步昌黎。

金型（1737—1760）

字友圣。其远祖瑛，明洪武中自福建奉命入琉球，累世昌炽，于金型时始入太学。乾隆二十五年（1760），金型与梁允治、郑孝德、蔡世昌同批入北京国子监受业。据教习潘相《琉球入学见闻录》记载，金型喜读书，在闽购颁发诸经，昼夜阅之，忘寝餐，因积痨瘵。到监月余，咨太医院，发数医诊治不效，泣曰："生甫入学遽若兹，无以报天朝及我王之德，贻老母忧，不忠不孝。"语已复泣，不及他，遂卒，时庚辰岁三月十六日。葬于通州张家湾。潘氏另有《悼琉球国官生梁允治、金型》诗以致哀。

入学呈经峰师

丝纶特降海门东，王命从游国学中。
圣域乘时沾化雨，贤关到处坐春风。
鲸钟远响开屯否，石鼓奇文发困蒙。
独愧浅才多未达，不知何日奏微功。

郑永功（1737—1801）

字汝述，称宫城亲方。因避讳，更名为郑得功。《东华续录（嘉庆朝）》有载，“庚辰，赏故琉球国副使郑得功治丧银三百两”。知其在华亡故。其在柔远驿病亡后，葬于福州。《恭和御制赐朝鲜琉球安南诸国使臣诗》为《久米村郑氏家谱》收录，另名为《召入圆明园奉旨恭和御制节前御园赐宴席中得句》，是乾隆五十五年(1790)乾隆帝赐宴圆明园时，作为贡使的郑得功和韵之作。此诗连同乾隆御制诗并为《郑氏家谱》收录，该《家谱》注曰：“乾隆五十五年正月十二日，为进贡大夫，在京时恭蒙召入圆明园，奉旨恭和御制云云。”徐世昌《晚晴簃诗汇》亦辑录此诗。

恭和御制赐朝鲜琉球安南诸国使臣诗

御极垂衣正八旬，普天沐德献琛频。
四夷骈贡蒙王化，五代同堂仰圣人。
召入华筵龙液酒，飞登紫苑凤扆亲。
天颜咫尺沾恩湛，永祝升平万寿仁。

蔡世昌（1737—？）

字汝显，蔡文溥弟、紫金大夫文河之孙、都通官文海之嗣孙、正议大夫光君之长子。与郑孝德同为乾隆二十五年（1760）入监官生。潘相《琉球入学见闻录》记曰：“世昌入学时，年二十四。与孝德相劘切，不欲专为词章学。”梁允治、金型二人在监病逝，郑、蔡二人同学始终，交谊最深。蔡氏所作诗文多为《琉球入学见闻录》收录，可见乾隆时期琉球官生创作水平。

芙蓉

芙蓉不与众芳同，蝉蜕淤泥出水中。
玉柄凌波标洁白，赩幢泄渚弄轻红。
全无雕饰擎朝露，独绽绉纹映午风。
小立银塘频驻目，天然净植郁珑璁。

晴望

川原雾敛雨初晴，翠黛鲜新霁色清。
涧草还沾余润湿，野林尚映早霞明。
山分宿霭无云迹，树散疏烟有鸟声。
画景环城供客望，凭高送目惬诗情。

游陶然亭 有序

岁在辛巳，节近重阳，函晖先生邀吾师及颙斋先生，携予两人，南游陶然亭。兹亭也，贤士大夫之所以游目骋怀者。是日天朗气清，金风徐来，倚栏纵目，真可乐也。饫聆明训之余，忘其固陋，赋诗一章，以志胜游。

高台一上思悠悠，且喜黄花插满头。
碧水晴光摇草树，名山画景拥城楼。
一时诗酒同清赏，百代风流纪胜游。
况有雄谈惊四座，更教远客豁双眸。

郑孝思（生卒年不详）

字绍言，孝德之弟。《晚晴簃诗汇》所附诗话曰："绍言从其兄诣京师，以额满，自诡为仆，因得入学。琴西称其笃志向道。学成将归，病作，卒于四译馆。"囿于陈规，每届入选国子监的琉球官生额度皆为四名。嘉庆间曾发生过选派八名而被拒收四名的情况。而琉球青年学习诗礼文化的热情不减，郑孝思以跟伴的身份随兄长入驻国子监，因得问学。而即将学成归国之际，染病亡故。其师潘相《事友录》亦言"甲申正月，孝德之弟郑孝思，充跟伴来学者，卒于驿馆"。由于其并非正式官生，且年轻早逝，所存诗文极少，《晚晴簃诗汇》所录可补一阙。该诗立意远承王粲《登楼赋》、杜甫《登楼》，又将倦鸟、归舲、钟声、月华等意象巧妙组合，对仗工整，转承流畅，不难见其汉诗功底。

江楼晚望

欲舒惆怅独登楼，四面山川晚色幽。
倦鸟冲烟投暮树，归舲带雾到前洲。
云深远寺钟声起，风转层楼水气浮。
俯仰骋怀情最好，渐看海角月华流。

杨文凤（1747—1805）

字兆祥，号经斋，称嘉味田亲云上。首里赤平人，官察侍纪。曾于嘉庆间奉使来华。四知堂为其堂号，嘉庆五年（1800）清廷派出赵文楷、李鼎元使团册封琉球，李鼎元在琉期间撰辑《球雅》，请法司官"择有文理通畅、多知掌故者常来馆中，以资采访"，琉球方面即以"文理甚通，能诗善书"的杨文凤襄助，出力颇多。李鼎元在《使琉球记》提及杨文凤达二十处之多。其间，文凤与册封使唱和甚繁，《四知堂诗稿》中可见当时盛状。此外，该集内容多书琉球自然与人文风情，与诸多琉球汉诗集多叙中华题材可互为补充。不唯如此，该集亦可视为首里文人汉诗文成就之典范，以别于久米村“闽人三十六姓”后裔。册封使赵文楷、李鼎元为杨氏题词，赵称许其“自是君身有仙骨，直应天授与诗情”。李言“我来球阳所得诗友，君为第一也”。

梅含晚雪开

本是孤山处士梅，主人移向此中栽。
乍看朵朵冲寒破，便觉枝枝冒雪开。
仿佛梨花飘粉靥，依稀柳絮扑冰腮。
王恭鹤氅寻来处，五出幽香绝点埃。

和世翼先生登翠冈堂韵

华宇尘埃外，地灵物美哉。
一篱依竹构，三径倚松开。
雅合敲棋局，偏宜酌酒杯。
操琴无俗调，得句有新裁。
明月穿帘入，清风拂坐来。
幸逢良夜会，达旦共徘徊。

九日上山游 四首

日霁风清一望秋，登高凭眺思悠悠。
采萸帽向龙山落，载酒人同彭泽俦。
几阵乱鸦投远树，数行野雀下平洲。
开尊对景情无极，不羡滕王高阁游。

山川万里有清光，玩赏偏宜上碧冈。
日霁天边云叆叇，雨收塞外雁翱翔。
黄花烂漫初承露，红叶缤纷半染霜。
喜是芳辰传寿酒，登高对景赋诗章。

杖黎偶上九仙山，偏觉风光解客颜。
三径菊花开晚节，一林枫叶醉秋殷。
欣传寿酒幽情切，更赋新诗雅兴闲。
准拟明年重九日，偕寻逸事又相攀。

远寻淑景紫云中，携手徜徉西复东。
霜落山山黄叶艳，风寒处处白苹丛。
胜游不让龙山趣，佳兴空传飙馆雄。
况合二难并四美，寿杯转饮意无穷。

谒桃谷和尚清庵

兰台构得在泉崎地名，俗远人稀景亦奇。
寺靠青山云叆叇，门临碧水月琉璃。
风清贝叶环禅榻，夜静天葩满佛墀。
顿使浮生知觉岸，虎溪桥上话玄时。

同席渐到宴酣，邻鸡争鸣，
客云鸡鸣天色将曙，于时口占一绝答之

桃李芳筵酒正清，一觞一咏共酬赓。
方愁夜短欢娱少，忽听邻鸡报五更。

中城览古 二首

古城高耸白云丛，渺渺江天望不穷。
山色朦胧环槛外，水光潋滟映窗中。
遥怜大义千秋隔，更叹雄图一旦空。
回首不堪频借问，野花寂寞对春风。

城头一望尚巍然，往事唏嘘独可怜。
寒径空飞霜后鸟，荒台幽锁雨中烟。
曾扶社稷声名重，更济乾坤节义坚。
若问先朝亡鼎恨，从来但有失忠贤。

城主毛国鼎者，先朝之忠义也，一旦为谗者所害。国鼎亡而不久，先朝又失鼎。

和答卯东先生来访我旅邸芳韵

最欢萍水话芳情，坐上春风一段清。
寒邸纵无金谷酒，漫敲诗句待鸡鸣。

和劝示唐荣诸友之韵

别馆泉崎北，风光最有余。
心闲名利淡，地僻俗尘疏。
雅合修天性，偏宜读古书。
群才皆俊杰，应到五云居。

游临海寺

梵宫高跨灞江边，景物苍苍水面连。
万里涛翻清夜月，一声钟扣白云天。
仙花雨落初闻法，贝叶风掀正悟禅。
好是香台通蜃市，登来浑似小神仙。

那霸旅邸忆乡

别后曾经物候更，思家几度计归程。
碧蕉冷雨添离绪，黄叶秋风动旅情。
夜静独留残烛影，人稀惟有远钟声。
梦魂不识关山隔，此夕飞还首里城。

田港江泛舟

一湾田港接天开，闲荡轻舟任去来。
星映波间光错落，月明水面影徘徊。
乍看画鹢浮江畔，忽讶飞凫过岸隈。
仿佛蓬莱仙景好，临流长啸且衔杯。

除夕

今宵腊尽复春回，岁序虽更兴未灰。
梅破余寒舒玉脸，柳含初暖展青腮。
迎新共进椒花颂，送旧咸斟柏叶杯。
无那家家当夜半，数声爆竹响如雷。

拜诸葛丞相神像 二首

卧龙素是汉名臣，王佐才猷策似神。
未出南阳惟澹泊，当扶昭烈尽忠纯。
英功盖得三分国，大节标成二百春。
天意堪怜多所舛，赤符无故属他人。

不意相逢汉鼎倾，先生几度尽忠诚。
堪怜天运常难定，无那世情却易更。
德盖两朝河海阔，名高三国日星晶。
张良韩信萧何辈，应让南阳一孔明。

立春日听莺声

木德初行序正更，春光报处有流莺。
一声才自花间送，百啭旋从柳底生。
舌巧恍如调玉笛，音清宛若奏银筝。
听来嘹亮移人处，红树歌童应著名。

九日良游

相遇重阳候，风光望处宜。
千山开锦绣，万水涌琉璃。
黄菊初荣日，丹枫欲变时。
有怀彭泽趣，休笑孟嘉痴。
赐橘宁他让，题糕可自期。
曲江歌应和，高阁赋何辞。
酒醉情偏适，秋晴意更怡。
芳辰原易往，此会乐相随。

讲席间劝勉诸生

莫云微命是书生，志欲高时理欲明。
学富每惭如弗及，文优常愧似无成。
西山不使留遗帙，乙夜宁辞剔短檠。
自此诸君加策励，应跻万里五云程。

寄嘱男德仁书

昨日星槎出霸瀛，欣逢万里海风清。
波恬彩鹢辞南去，浪静仙帆向北行。
旅馆自知霜雨异，客居常戒暑寒更。
儿曹欲识他乡事，松菊依然往日荣。

六男德祯七岁时启蒙爰以训辞嘱之

从来少小须勤学，莫道光阴甫七年。
易著发蒙当启迪，礼宜博谕尚流连。
经筵奏雅思前哲，讲席歌诗仰昔贤。
异日功成看变化，禹门浪里快争先。

中秋末吉社坛赏月二章

良夜相攀到社坛，中秋月色十分团。
风清玉宇飞银魄，云净银河转玉盘。
幽赏谁辞诗意劣，高吟何厌逸情宽。
更阑若得仙姝遇，应学文箫驾彩鸾。

风清露白是中秋，爱月高攀末吉楼。
玉宇晶莹云乍散，金波潋滟雨初收。
十分兔魄松间照，万里蟾光水上流。
一曲歌声何处是，夜深还忆广寒游。

三月四日题浦添驿

驿楼结在浦添村，景物苍茫一望屯。
万里云铺山锦绣，千层浪涌水潺湲。
时过上巳兰犹秀，序属清明茗正繁。
莫道仙家人不到，此间应是武陵源。

灞江客邸送友人赴他乡即事四截

烟开灞岸柳苍苍，征旆飘扬客路长。
明日阳关西出后，江东渭北怅参商。

春草萋萋春水清，骊歌一曲促行旌。
今宵有酒休辞醉，明日星槎出灞瀛。

行旌飘拂日迟迟，杨柳堤边话别离。
翘首云天家万里，故人何处寄相思。

欲别难分泪满衣，翩翩玉节五云飞。
征帆万里家何在，月夕花晨笑语稀。

依蔡世昌有感偶吟元韵

庭献家修本不殊，于今谁是辨真儒。
有才弗使衣拖紫，无学偏教绶染朱。
多少冠裳游上苑，莫非声势绕天衢。
应嗟十载萤灯下，空抱文章敌万夫。

赋得谁家玉笛暗飞声句

春夜萧萧欲五更，谁家玉笛远传声。
余音嘹亮随风散，逸韵悠扬带月清。
乍拟马融歌隔院，旋疑桓子弄羌城。
低回未解人何处，响遏行云动客情。

志交情书赠唐荣郑永泰

郑家产得栋梁子，特达声名重艺林。
曾羡龙门经术博，还钦麟阁学功深。
三余讲习攻坟典，十载磋磨贯古今。
领悟已知洙泗旨，会通更达洛闽心。
淡而可久思如水，坚不能分志断金。
友谊非惟投意气，交情还喜启胸襟。
每逢霁月谈青史，且对清风理素琴。
流水高山君与我，莫言天下尽知音。

题不二院

院名不二白云边，访胜争来叩妙玄。
法雨霏微沾佛砌，天花飘落满禅筵。
客稀只有藤萝月，室净惟余贝叶篇。
若问僧家高世处，须知心地绝尘缘。

十二韵排律送友人奉使赴他乡

皇华歌四牡，儒雅出群流。
奉使过仙峤，观光赴帝州。
海邦传美节，上国著徽猷。
素慕声名重，常钦德望优。
薰风千里遍，和雨一时周。
彩鹢天边渡，征帆云外游。
牵衣当灞港，折柳傍江楼。

水带离声远，山羁别恨幽。
临岐情恋恋，分袂意悠悠。
南浦伤无极，东门怅未休。
百壶空足赠，三叠正堪愁。
万里家何在，多怀泪暗偷。

过毛公旅邸即事

偶闻旅邸绮筵陈，倾盖相逢意可亲。
柳色青苍催逸兴，花光灼烁接嘉宾。
灞江声入床前冷，龙渡钟侵枕上频。
遮莫归程山水远，不知再会几度春。

夏日游石笋崖仍用前副使周海山先生原韵

波上山头赋胜游，杖藜徐步伴群鸥。
寒涛淅沥晴如雨，晚岳凄凉夏似秋。
数行渔歌声断续，几行雁阵影沉浮。
祇园一会多幽兴，更有云笺壁上留。

客中遇雨

蓬窗四望雨淋漓，曙色朦胧恼客思。
霡霂飞时肠欲断，滂沱落处意将驰。
自怜飘泊辞千里，更恨栖迟借一枝。
为问云间归塞雁，家书几日送西陲。

邦光陈先生偶到旅邸因志小诗一章以谢之

久闻美誉出儒林，大雅风流孰不钦。
语异何嫌通翰墨，情同共喜话胸襟。
陈蕃榻上诗堪唱，北海尊前酒可斟。
未解熊罴畴昔梦，惊看槛外玉銮临。

恭赓正副两位天使夏日游波上山原韵

雨净云开气似秋，兰台半日共淹留。
层峦嵲郁连天迥，远屿微茫际海浮。
啸傲有时惊野雀，风流正好狎群鸥。
老僧不管皇华贵，捧砚拈毫索纪游。

中秋赏月奉呈墨庄天使清鉴

客中正遇十分秋，结伴高攀百尺楼。
玉宇晶莹云乍散，金波潋滟雨初收。
一轮兔魄窗间照，万里蟾光水上流。
遥识锦川今夜月，故人相见动离愁。

重阳志兴奉书介山赵天使清玩

日霁风清最入眸，登高凭眺思悠悠。
采萸未落龙山帽，爱菊偏同彭泽俦。
几阵乱鸦投远树，数行野雀下平洲。
遥知使院秋光好，酒泛黄花席上酬。

向世德（生卒年不详）

乾嘉时期人，首里贵戚。嘉庆初年（1796）册封琉球使赵文楷有诗，名为《首里秀才向世德等晋谒馆中，分韵赋诗题其后》，并自注曰“向生等，皆王亲族贵公子”。赵氏诗“茧纸分题击钵催，挥毫诗就亦奇才。从今不数韩陵石，网得珊瑚海上来”，写出其与来访的向世德等人在天使馆分韵赋诗的景况。嘉庆七年，向世德与郑邦孝、周崇鐈等人作为官生来华就学，于海上遇难身故。

贺周、蔡两先生充为官生 四首

妙龄文字甲三场，风月俱归锦绣肠。
足蹑云梯尘土远，名题虎榜墨痕香。
蓝田美玉原称宝，冀野霜蹄独擅良。
何幸驽才同负笈，观光遥到日边乡。

虎榜题名独占魁，文章洒落见仙才。
上林日暖莺声远，缑岭云深鹤影回。
夹道花迎金马笈，满怀春向玉杯开。
绿袍着处恩荣重，九陌人人看欲猜。

三场文字压曹刘，座后朱衣暗点头。
逸韵锵锵金掷地，清襟落落气横秋。
才高早际风云会，望重争推俊逸流。
共入成均窥秘笈，蒹葭玉树愧相俦。

少年才气世称稀，早际风云志不违。
翠竹带霜秋有节，寒梅横月夜生辉。
胸中学问书千卷，笔底文章锦一机。
宠命堪夸方继父，观光万里上天畿。

赠唐荣陈、梁两兄 二首

卓荦才华自不同，胸中锦绣压群雄。
清言吐出笺头凤，彩笔奋飞案上虹。
黄榜一时名已著，青云万里路可通。
微躯何幸承恩诏，共入成均仰帝风。

聪明颖悟世称奇，尚是妙龄二九时。
笔漏天机真绣胸，手攀仙桂取高枝。
清音戛玉秋生竹，香气侵人春满帷。
万里观光登帝国，驽才负笈幸相随。

隐者幽居

此地寂无世事闻，闲游常与鹿麋群。
幽居颁得山川胜，万里风烟尽属君。

山水图

千峰万水约毫端，妙手何劳整顿难。
不出门前三五步，江山直向壁间看。

唐荣

奎星腾彩照唐荣，文学彬彬儒化行。
灵地从来钟秀气，人才蔚出尽豪英。

中城怀古 六首选二

雨后秋光拂古城，萧条烟景总伤情。
画楼寂寞丹青落，辇路荒凉禾麦生。
草色犹含兴废恨，江流每带鼓鼙声。
英雄一去浑如梦，千载空传忠义名。

一上荒城起客愁，烟寒宫殿树阴幽。
苔封画壁龙蛇灭，草锁歌庭麋鹿游。
闲苑至今花自发，长江依旧水空流。
千年事往人何在，风雨凄凄绕古丘。

闻莺 二首

翰墨场中第一英，飘飘独有绝尘情。
笔端写出珠玑句，三复惊闻掷地声。

最羡高才更绝纶，风流文采属斯人。
一篇新句鲜于锦，笔下花开翰墨春。

毛世辉（1787—1830）

童名真山户，号笔山，首里人。嘉庆十五年（1810）入国子监受业，学成归国后，于道光八年（1828）以耳目官充进贡正使再次来华。据中国第一历史档案馆藏嘉庆十六年礼部奏本，称“琉球国王遣其子弟陈善继、马执宏、毛世辉、梁元枢至监，本监选取副贡生黄景福为教习，以训迪之”，可知该批官生姓名及教习。今存《毛世辉诗集》即为毛氏在监读书时所作汉诗习作。该集收诗近120首，可贵的是，保留了作者的修改痕迹及其师黄景福的评语，可谓是一部动态立体的诗集。毛氏汉诗中亦有为数可观的赋得体诗，反映出当时国子监受业的时代烙印。该集今有写本藏于冲绳县立博物馆。

团扇 二首

齐纨皎洁白于银，裁作合欢宫样新。
静夜轻摇层阁上，清风一榻月双轮。

便面轻摇兰蕙香，团团如月皎如霜。
等闲画出乘鸾女，绝胜秋风送晚凉。

咏拂尘

玉柄曾传麈尾轻，动摇随手落松声。
定知玉衍高谈处，引得清风座上生。

涤砚

春波涤砚落烟煤，山骨晶莹鸲眼开。
便作当年王逸少，淋漓黑水一池来。

裁纸

尺幅横排棐几余，裁来玉版映晴疏。
风流还有薛涛巧，只恐题诗竟不如。

临海潮声

一为听潮到寺门，长堤日色又黄昏。
苍茫势接天河远，汹涌声惊地轴翻。
雪鼓无端驱怒气，鸱夷何处认忠魂。
长风万里如堪借，拟向钱塘载酒尊。

赋得清气澄余滓 得澄字五言六韵

重阳弥杳霭，余滓九秋澄。
几许清光透，遥怜爽气凝。
雁随云共远，天与水相仍。
雨后消尘翳，山前露石棱。
空明悬蜀镜，皎洁拟壶冰。
我有簪花兴，新诗赋未能。

赋得大风起兮云飞扬 得飞字五言六韵

风云歌妙曲，汉祖故乡归。
迅矣旋羊角，飘然返布衣。
炮车难辨色，沙石想冲围。

已慰天涯望，还张海内威。
呼号从虎啸，舒卷任龙飞。
英气今犹在，何虞猛士稀。

敬一亭

亭向彝伦堂后寻，碑辉宸笔富球琳。
熙朝谟烈超千代，有字无非敬一箴。

赋得霜叶红于二月花 得红字

霜天逢九月，景物爱丹枫。
秋叶全输绿，春花却让红。
画图资夕照，锦绮夺芳丛。
杏苑枝奚若，桃源树未同。
贪看林晚际，坐到径斜中。
曾记停车客，清吟句亦工。

长江秋霁

一带长堤划海流，无边好景绕桥头。
声多芦渚风疑雨，彩彻云衢客访秋。
木叶黄随归雁落，渔帆红卷夕阳收。
笑看画里招旗影，胡不前村上酒楼。

赋得下笔如有神 得如字

笔艳生花后，神来落墨初。
天才应不让，仙手竟何如。
字拟龙蛇走，胸原锦绣储。
烟云征妙境，经史出新畬。
造化功堪补，江山力岂虚。
翩翩传绝技，艺苑擅嘉誉。

赋得春山如笑 得山字

酿得春如笑，晴光逗远山。
玲珑疑解语，艳冶认开颜。
齿启千崖石，云梳几朵鬟。
嫣然窥粉本，莞尔展眉弯。
喜气花相映，欢声鸟自闲。
词坛凌健笔，收入画图间。

白桃花

何时脱却武陵霞，别占风情斗素葩。
冷淡香才迷蝶梦，清幽机渐悟昙家。
前溪水浸闲云影，隔坞风和淡月华。
若使骑驴敲瘦句，应教羞杀白梅花。

中秋咏月 三首

忽看明月上林东，列宿争先灭碧空。
秋色洗过瑶岛雨，天香吹落桂花风。
徒知玉宇高寒处，便是琼筵皎洁中。
不羡南楼传胜事，今宵清兴正无穷。

夜深万籁寂无哗，耐冷悠然玩月华。
珠玉串盈千树露，琼瑶踏遍一庭沙。
呼童偏把红灯撤，照席还将白昼夸。
记胜却惭才已竭，能酬佳节咏谁家。

偷舞霓裳吹玉笛，地天清兴此宵同。
嫦娥有意教相望，不许片云遮月宫。

画梅

丹青信手发天机，写出罗浮第一枝。
几度春风吹不落，化工之妙未如渠。

送飘风华人回国 二首

萍踪几月交情密，忽报好风送客船。
欲挂云帆留不住，且听风笛恨何偏。
路遥只有相随梦，天远难期再会缘。
今日临歧何所赠，陈情一纸赋诗篇。

半载周旋弟与兄，金兰雅契重交情。
何堪此日骊歌唱，相忆明朝云树横。
海不扬波知利涉，船将解缆想留行。
君能借得飞鸿便，早报平安与友生。

泉崎夜月

泉崎桥上有清风，月到泉崎便不同。
影照蜃楼波潋滟，光涵海市露玲珑。
遥怜渔笛度村外，直欲兰桡凌镜中。
莫道山川非赤壁，尽教载酒学苏公。

马执宏（生卒年不详）

字容斋，称丰平亲方，首里人。为嘉庆十五年（1810）国子监受业官生，后官至耳目官。其所作汉诗多为《琉球咏诗》所存，多写琉球观光游历。而《晚晴簃诗汇》所录《游善兴寺》并不见于《琉球咏诗》，故而可补一阙。

游善兴寺

寻幽古来寺，旭日照松门。
石发翠逾顶，山丹红到根。
偶闻清磬落，已远俗尘喧。
何日逢支遁，无生细讨论。

夏日集观《雪中山水图》

下榻相迎六月天，开图雨雪更翩翩。
瑶潭影逼凌风座，玉树寒高避暑筵。
河朔欲催袁绍饮，山阴恍出子猷船。
满堂词客忘三伏，歌罢争传和郢篇。

题《恩纳岳图》

峨峨恩纳岳，绝壁插云关。
飞泻泉千尺，晴围翠一鬟。
钟灵依北极，静势镇中山。
艳冶真气象，图收一幅间。

题友松轩 四首选二

青松为益友，别墅卜扶桑。
倒卷三峰秀，平拖四面光。
浮云联海岛，夜雨洗山房。
烟锁泉声冷，风归鹤梦凉。
江边庭鸭泛，郭外野禽翔。
欣赏同宏景，吟情寄夕阳。

取友从来岂限人，青松如盖结交亲。
葱茏叶缀乾坤色，盘错根留造化春。
可爱风云常际会，更怜梅竹自为邻。
前村鸟语催诗急，后坞涛声入耳频。
户映霞光山捧旭，窗含海气草成茵。
闲来挥麈谈元妙，德不孤居且润身。

招友咏鸡冠花

昨以诗招心不虚，今朝门外见高车。
清谈人觉襟怀爽，接范辉生水竹居。
壁上句多惭我拙，槛前花始为君舒。
世间无限欢娱事，孰似吟坛乐有余。

重阳

又遇重阳逸兴催，篱边坐待白衣来。
世人不用登高醉，唯有黄花泛酒杯。

赠菊

黄花历雨绽缤纷，手折新枝寄与君。
不是我夸培养厚，欲教晚节接清芬。

俚绝奉赠安贞郑兄

异凤来仪听好音，桥门相见庆明簪。
襟怀自有凌霄气，事业不违折桂心。
三绝名声推久米，五年教授泽词林。
与君同遇熙朝选，风雨对楼喜共吟。

魏学源（1793—1843）

童名松金，字有渊，魏学贤之长兄。嘉庆间曾赴闽读书习礼，历四年，精学《大清律例》等书，归国后在安国寺讲授法律。道光间先后任著作总师、国学讲解师等职，多次充存留通事居闽，充北京大通事赴京，存世有《福建进京水陆路程》一书。其诗今存不多，见于《琉球咏诗》，《晚晴簃诗汇》所录二首于别集未见。

末石社坛

飞阁人间远，登临畅客心。
不知山远近，只见白云深。

送别

五月榴花满径芳，骊歌一曲断人肠。
劝君莫忘殷勤意，明日悬帆即异乡。

送别 四首

阳关堤上绿杨垂，送客叮咛折数枝。
一在天南一天北，多情同对月明时。

高持使节促行装，三叠歌中别恨长。
名手诗开唐世界，一时纸价贵遐方。

秀句传来海国滨，一篇花样一篇新。
飘然饶有唐人格，润色何求东里频。

人杰地灵是北城，送行南浦最多情。
吟来丽句花为骨，未许唐贤擅美名。

林奕海（生卒年不详）

久米村人，活动于嘉道时期，官居正议大夫。《续琉球国志略》提及，道光十八年（1838）夏，林鸿年等至国谕祭故王尚灏，册封尚育为王。该年秋，尚育遣王舅翁宽、紫金大夫杨德昌，随同谢封、表进方物，并遣耳目官章鸿勋、正议大夫林奕海表贡方物。林氏参与了瀛台、保和殿、圆明园、正大光明殿等处的赏宴，观看弦歌诸艺，并恭和御诗。常例之外，皇帝加赏给林氏等人蟒缎、福字、方绢、笺笔墨砚、雕漆器、玻璃器等件。

登社坛

一攀绝顶势崔嵬，石径高登百尺台。
万里烟光山外净，千林秋色眼前开。

日斜天际山悬镜，人在云中海献杯。
几讶身能生羽翼，却从碧汉逐风来。

勤学

春去秋来岁月流，光阴不肯为余留。
男儿素业乘时进，难把黄金买黑头。

梁学孔（生卒年不详）

字时亭，其《客中逢雨》诗，亦赖《晚晴簃诗汇》而得存。考梁学孔其人，曾于道光间充贡使来华。《清宣宗实录》卷四百四十一载，道光二十七年（1847），“予故琉球国贡使梁学孔，祭如例并加赏银三百两”。知其归国途中逝于闽省，葬于福州。同治年间亦有琉球诗人同名梁学孔，有诗《泮水书声》作于同治己巳（1869）仲夏。

客中逢雨

细雨随风拂草堂，晚来弥觉一身凉。
披襟不寝犹烹茗，怕益离愁梦故乡。

阮超叙（生卒年不详）

字松庵。其《送人之官外岛》是一首送别诗。临别难舍，歧路沾巾，是送别时的伤感画面。首句的南风和结句的白云又借虚景拉长视野，使得诗短情长，绵绵不绝，深得神韵诗之妙。

送人之官外岛

六月南风欲送君，临歧人语那堪闻。
扁舟明日千余里，回首中山只白云。

蔡如茂（生卒年不详）

蔡氏《夏日游护国寺》作于琉球，题写波上山的护国寺。据《中山传信录》载："护国寺，在波上山坡之中，国王祈祷所，僧名赖盛。汪使有匾曰'护国寺'；旧名安禅寺，亦名海山寺，亦名三光院。佛龛中有神，手剑而坐，名曰'不动'，或曰火神也。殿下有钟，景泰七年丙子铸，铭文与天妃宫同。西面庭中，蕉石扶疏，颇有致。"诗人为乘凉而来，炎炎夏日，临海而建的护国寺却清凉如秋。颈联以雨喻花，石头拟人，均生动可爱。结尾写出美景常在的心愿，期望南风多起，夕阳长留。

夏日游护国寺

为有乘凉约，经过波上楼。
山因邻碧海，夏亦觉清秋。
天落花如雨，人看石点头。
薰风宜少住，日暮尚迟留。

郑元伟（生卒年不详）

称湖城亲方，郑氏湖城家第十七世，官至总理唐荣司。道光三年（1823）任唐荣讲解师，七年转为著作汉文役兼任述作总师，道光十六年任官生师。道光二十二年随摄政尚元鲁“上江户”，创作《东游草》。据赵新《续琉球国志略》载，道光二十年钦奉上谕：琉球改为四年一贡。特遣王舅向邦正、正议大夫郑元伟奏请照旧间年进贡，随蒙允准。道光二十四年甲辰秋，遣耳目官毛嘉荣、正议大夫郑元伟表贡方物。意即在奉使江户前后，郑元伟先后两次充任副使来华。

避暑水云庵

四面琉璃绝点埃，水云庵静乐衔杯。
乘风地共高僧住，话雨窗缘处士开。
荷喷浓香蒸院落，竹摇虚影漾亭台。
天生一段清凉界，未许尘间热客来。

恭拜文庙

素王化雨遍东瀛，群岳巍峨拱大成。
庙制天朝遵曲阜，里居圣迹想昌平。
诸生车服当年礼，四壁金丝旧日声。
仰止高山频向往，丹墀未拜意先倾。

和小松清猷先生送别原韵

君是儒林髦士魁，鸿文吐彩射三台。
雷鸣海内声名远，鲤跃池中化气开。
落笔成诗曹植辈，习书有体右军才。
夙缘相遇难分袂，此去江都策骑回。

咏伊集院竹

平生情为此君深，伊集盘桓足赏心。
世上几人夸劲节，客中得汝洗尘襟。
临风橐笔题新粉，趁月移床就绿阴。
比似渭川千亩地，篔筜谷里好联吟。

崎津逢重阳

重阳时节异乡游，怅望家山去路悠。
白酒何辞今日醉，黄花不似故园秋。
吟无旧好翻多感，饮为佳晨忍即休。
究竟茱萸非俊物，蓝田莫解杜陵愁。

舟中话旅情

万里他乡月色凉，夜深相对一灯光。
无穷客况因秋起，不尽愁怀得酒忘。
家在枕边踪迹幻，舟维江畔别离长。
年来翻笑飘蓬甚，鬓发萧萧渐染霜。

兵库发舟

朔风浩浩水迢迢，巨舰从容渡碧霄。
涉险一生忠信仗，挂帆千里海天遥。
岚光回首迷双岸，寒气侵人逐早潮。
少小便存宗悫志，壮怀到此更难消。

题富士山 四首

阴峰一柱势巍然，积素玲珑半倚天。
自昔未有如此秀，个中定有白头仙。

此山不与众山同，雪满螺鬟接碧空。
细看白头真富相，荫移六十四州中。

富士名山气象寒，雪鬟高插白云端。
下环八岛烟中远，淡色浓光画亦难。

遥峰玉柱耸无边，六月岩头雪色妍。
淡衬螺鬟光闪烁，招来鹤梦影联翩。
四围迢递空辽海，八字平分界远天。
绝顶振衣如许上，不烦蓬岛问真仙。

魏学贤（1806—1850）

原名学诚，字有正、有昌，魏学源之五弟。先后任职通事、遏闼理官、都通事、长史。道光十七年（1837），为庆贺幕府将军继位，奉命充为乐师赴江户。道光二十四年以存留通事随同进贡使赴闽，在闽滞留四年。道光二十六年因朝京都通事病亡而兼署该职。四年后在北京大通事任上病故。其所作汉诗收录于《东游草》，多为“上江户”的纪行之作。

中秋无月

一年好景是中秋，其奈天阴雨未收。
安得丹梯高万丈，拨云洗出水晶球。

崎津逢重阳

佳节报重阳，黄花叶已霜。
西风吹帽惯，落日佩囊香。
天草来行客，崎津忆故乡。
一声归雁去，秋信断愁肠。

片浦系舟 二首

偶闻片泊好风光，喜趁残曦即系航。
山似画屏波似镜，也堪吟咏也堪望。

云水故乡客思深，扬帆玄界最关心。
晚来欲问平安信，片泊山头雁乍沉。

近江八景

比良暮雪

纷纷暮雪比良多，玉叶冰花缀树柯。
中酒村夫犹未寐，聱牙学唱郢中歌。

坚田落雁

来从故里是耶非，偶向芦花荻叶依。
叮嘱行人莫问信，月明警起一群飞。

矢桥归帆

危桥如矢射潮头，无限归帆水面浮。
此地若堪谋信宿，吹箫月下作宵游。

唐崎夜雨

冷迫寒灯漏五更，雨声潇洒杂涛声。
可怜警醒他乡客，无限相思梦不成。

三井晚钟

经过三井倚松吟，夕照衔山冷气侵。
忽听楼中鲸吼响，声声送入白云深。

粟津晴岚

无端啼鸟唤行人，报道晴光满粟津。
渔叟也知山色好，兰桡争泛水粼粼。

势田夕照

势田揽胜夕阳天，到眼风光别样妍。
鸦背翻金渔晒网，山还青翠水还涓。

石山秋月

云中露骨石山高，遗自娲皇抃自鳌。
好际如珪秋月夜，偕来吟咏古诗骚。

望湖堂胜概

望湖堂构折针巅，抚景登临别有天。
岃崱青山回座丽，玲珑白水入眸鲜。
偷闲指点情忘俗，寄兴盘桓趣欲仙。
纵使故乡多胜概，也应让尔十分妍。

今切渡望富士山

去去将过荒井关，琼峰隐见白雪间。
芙蓉颜色梨花顶，知是扶桑不二山。

咏富士山

不二锡嘉名，无山可弟兄。
云根通八国，雪景达三庚。
谁道青螺老，偏疑白玉盈。
宜乎兴宝藏，亿载献升平。

尚元鲁（生卒年不详）

浦添王子朝熹，琉球王族，道光十六年（1836）起担任国相，直至咸丰二年（1852）卸任。道光二十一年，日本幕府将军德川家齐去世，由其子德川家庆继任将军。翌年，尚育王遣使赴江户庆贺将军继位。其时，摄政尚元鲁充任庆贺正使，正议大夫郑元伟充任仪卫正，唐荣乐师魏学贤亦随行。汉诗集《东游草》即是此三位琉球诗人“上江户”的游历之作。

唐泊系舟

秋风拂拂水粼粼，日晚维舟古岸滨。
此地曾留唐代客，如今也泊我球人。

过上关

上关风静水无波，一叶舟从此地过。
帆席若飞山若走，逢迎岛屿趣如何。

船上眺景 二首

万山欲断万山连，一水过来一水鲜。
山水奇观看不尽，米家老笔写难传。

远近山光浓复淡，依稀摩诘画图开。
无穷胜境无穷景，一路分明入眼来。

近江八景

悠然饶八景，竞异近江前。
夜色分凉雨，岚光媚霁天。
闪金鸦皆日，破浪鸭头船。
奁启团团镜，书传草草笺。
鹅毛催客宿，凫氏定僧眠。
任珥骚人笔，难将雅趣传。

比良暮雪

琼花玉树闪寒光，有色何须定有香。
妆出比良银世界，最宜薄暮挈壶觞。

坚田落雁

参差远雁落坚田，未许游人漫控弦。
结陈度云知已倦，翩翩接翼倒蝉联。

矢桥归帆

一片归帆傍矢桥，晚风无力涌秋潮。
射雕神技休轻试，鹢首随波不待摇。

唐崎夜雨

十里唐崎夜景佳，来游能使俗情排。
最宜万点潇疏雨，敲到芭蕉韵甚谐。

三井晚钟

长风度到暮山钟，百八声遥隔远峰。
三井讵无王播辈，终当大叩庙朝镛。

粟津晴岚

万道晴辉射粟津，岚光自觉一番新。
天然翠黛成名画，未易言传使逼真。

势田夕照

势田最好欲晡时，夕照回光到水湄。
闪得鱼鳞金万点，老渔晒网不嫌迟。

石山秋月

月到三秋色倍明，如圭终夕赏晶莹。
石山不减袁宏渚，万顷清光一样盈。

咏富士山

嵯峨不二绝红尘，态类芙蓉艳色新。
毓秀云根八州渡，呈祥雪景四时均。
扶桑巨镇应推最，海峤支山未足伦。
况复陆离兴宝藏，千秋佳气拱枫宸。

梁必达（生卒年不详）

曾任都通事、进贡副使。《续琉球国志略》记载，道光二十六年（1846）丙午秋，遣耳目官向元模、正议大夫梁必达表贡方物。孙衣言有《琉球贡使向绍元、都通事梁必达来见，赋此为赠》诗，写琉球使者前来拜谢教诲之功，衣言作诗以答。

游西湖

西湖比西子，命棹泛中流。
人过琉璃界，歌传箫鼓舟。
寻幽云外寺，选胜树中楼。
孤屿梅犹古，长堤柳正柔。
湖山怀赤壁，亭阁擅杭州。
妙境抛难得，归来梦里游。

奉赠唐大人台下哂政

一上重楼别有天，诗瓢酒榼仰高贤。
胸中兵甲何其富，笔底珠玑如此鲜。
光霁自应冬日爱，风流直使梦魂牵。
新诗一卷叮咛授，洛纸还当贵海边。

鼓山

鼓山高耸群山祖，大小儿孙四面萦。
翘首天边红日近，低头足底白云行。
层峦拂袖皆岚翠，秀句惊人尽俊英。
半日遨游无俗累，千竿竹里有泉声。

谒林先生贵府

执鞭念切访高风，家近高峰爽气通。
满架诗书人不俗，一庭花树画难同。
今朝韫玉名山里，异日看花上苑中。
华阁抵为杏坛上，外藩否许仰春红。

奉赠光地先生

家在竹林最上头，无边野色卷帘收。
人原风雅钦堪仰，诗是清新诵不休。
花月自应成啸傲，山川更有任优游。
隔墙同作吟春客，喜见仁风日日流。

十快亭 二首

十快高亭别有天，四围树木路盘旋。
青山影里人如玉，绿野烟中客欲仙。
宜雨宜晴朝景丽，半村半郭夕阳鲜。
吟风啸月多真趣，胜地直当比辋川。

高怀久矣爱风流，别业一栏野色幽。
山月先浮花下酒，松涛直卷海边秋。
奇观是否桃源景，胜概还疑金谷游。
好与荆州同雅范，诗人墨士座中收。

恭题尚老大人芳池假山 二首

一鉴空明数尺池，奇峰缭绕树阴垂。
红摇花影鱼游处，白漾波光月上时。
蓬岛好移海边景，辋川何问画中诗。
会心本是非关远，绿满窗前便我师。

湖光山色两悠悠，移到中庭入画楼。
石磴云深苍藓合，银塘水静锦麟游。
人来衣湿千重翠，帘卷风凉一鉴秋。
此地烦襟生爽气，奇观疑是对瀛洲。

阮宣诏（1811—1885）

字勤院，久米村人。道光年间，阮宣诏受尚育王派遣，与向克秀、郑学楷、东国兴等人入学国子监。学成归国后曾两次来华，历任驻福州存留通事、大通事、进贡大夫，历官著作总师、长史、正议大夫、申口座、御讲谈读上役、紫金大夫、具志川间切天愿地头、总理唐荣司等职。再次来华时，阮宣诏惠赠折扇五十枚于其业师孙衣言，孙氏用黄庭坚《戏和文潜谢穆父松扇》《次韵钱穆父赠松扇》之韵，作诗以记之，成文化交流美谈。阮宣诏诗今存于孙衣言所辑《琉球诗录》《琉球诗课》，大多数诗后有孙衣言评语，今一并录入。

自柔远驿起程至洪山桥宿 三首

骊歌唱罢水边亭，解缆扁舟趁远汀。
万寿桥前人送客，尚书庙里佛谈经。
风吹萧瑟三更雨，云散微明数点星。

极目榕城复何许，千山向晓色青青。
四望长空万里晴，日轮乌石岭头明。
携竿渔客随潮到，担斧樵夫觅径行。
昨夜荒村烟火迥，今朝古岸水云平。
故园回首沧瀛外，孤雁飞来动旅情。

十尺蒲帆一叶舟，洪山桥下溯长流。
碧波系棹垂杨外，寒柝传更古岸头。
驿路喜多谈笑侣，文武伴送官同行。春风又起别离愁。
从兹上国观光客，万里平安向帝州。

宿水口驿

日晚江村近，停舟绿水边。
青山通客路，古驿傍孤烟。
倚槛看残月，临窗听暗泉。
寒床眠未稳，寥落晓钟传。

三四自然研炼。

至杭州欲游西湖不果

江山春气暖，归雁向北驰。
余亦自海国，万里趋帝畿。
江湄朝雨霁，游赏将焉之。
鹫岭几重叠，长堤亘东西。
愿言寻名胜，烟水俱徘徊。
谁料东风起，已看征棹开。

津吏苦催促，扬帆疾如飞。
层波去迢递，洲渚相蒙迷。
钱塘更回首，南北青峰齐。

结句尽而不尽。

黄金台

燕王昔筑黄金台，黄金如山求贤才。
当年策士欲报主，五国群豪纷纷来。
令名天下谁不识，英雄一去何时回。
唯有苍苔留旧迹，盛衰兴亡良可哀。

送袁听涛归华阴 二首

送君千里思无端，同在天涯一别难。
此去不知相见日，六鳞时为报平安。

骊歌一曲客心惊，班马萧萧柳外鸣。
别后相思前路远，难忘南浦故人情。

送博士王白海先生延庆归登州

圣代儒术盛，胶庠会群贤。
微生亲耆彦，教训勤磨研。
厚情无浅语，登门亦前缘。
浮云思远岫，流水归故渊。
回头望乡里，骊歌唱已先。
赠言重流泪，望望长亭边。

班马鸣郊野，去旆随云烟。

踟蹰屡矫颈，须臾暌云天。

泰山如可仰，相逢更何年。

语能真挚，音节亦古雅。白海丈老而笃于学，性疏简，不为城府。此诗所谓“厚情无浅语”及郑生所谓“语重心坦然”，皆纪实也。予始入学，先生方为博士，相与共昕夕者半年，已而改就教授归矣。点阅此诗，深有怀于其人也。

雨后

浓云四面散，微雨一夕晴。

群花愈馥郁，百草尤向荣。

古木布青荫，幽岩闻泉声。

薰风自南来，庭池有余清。

良田滥膏泽，一时堪深耕。

赠馌各在道，乐彼田间氓。

远山自浓淡，晴川还纵横。

落日挂西岭，仰见余霞澄。

须臾东月出，秋意宵分明。

风趣似陶公。

闻雁

朔风萧瑟雁南征，此去潇湘万里程。

暮夜汀洲何嘹唳，数声砧杵共凄清。

长门月冷愁闺泣，关塞云开旅客惊。

我亦天涯归路远，凭君弦上诉离情。

清转，得之大历诸子。

看野猎

将军野猎向原田，壮士期门孰后先。
画鼓声声喧霹雳，彩旗拂拂卷云烟。
星驰雁羽无虚矢，风送龙骧快着鞭。
狡兔雄罴应帖息，自来圣代武功宣。

寄故乡诸亲友 三首

金杯犹忆别离时，驻马长亭折柳枝。
不见于今三岁久，每看云雁寸心驰。

舜日尧天礼乐崇，辟雍钟鼓上庠东。
却思海国春风里，杯酒论文孰与同。

雁使朝天万里回，归帆顷刻过蓬莱。
相期强饭崇明德，秋水苍葭共溯洄。

春游曲

万里长空霁色开，夕阳影里马蹄来。
青郊历历韶光好，诗句云山共剪裁。

游山

新晴出旷野，寻胜将焉之。
青山遥重叠，凌空势崔嵬。
登临万仞耸，半岭烟雾飞。
白云傍面起，缥缈樵径迷。

阴崖含微雨，忽映日色开。
瀑布悬远近，泉声各东西。
高风拂衣至，群鸟穿林来。
清景适客意，幽境无尘埃。

作景语颇工。

秋月

青天无片云，明月照万里。
中庭独举杯，林外秋风起。

意在言外。

重阳即事

天边作客几时回，瞬息年华去复来。
佳节重阳今又到，无聊独对菊花杯。

寄在闽存留官毛嘉桐

昨夜归鸿返帝州，知君去岁驾兰舟。
扬帆碧海三山迴，看菊榕城九月秋。
回首炎天云渺渺，关心重岛路悠悠。
更思两地同为客，北辙南辕各引愁。

寄呈家兄

离亭昔分手，一叶浮瀛涯。
万里飞鸟速，瞬息长安来。
托身在太学，雨露承华滋。
新春景光好，青柳方垂丝。
暮云散旷野，明月窥疏帷。
风前远鸿过，举首不可期。
参商恨南北，常棣思连枝。
遥夜坐弹琴，寸心有谁知。

沉至。

寄呈容斋夫子 二首

昔日师门绛帐中，执经几载坐春风。
一朝折柳催离思，万里扬帆趁碧空。
路隔南州云树迥，人瞻北斗古今同。
黄金台上频回首，却忆光辉渤海东。

四牡当时入凤城，胶庠清切仰声名。
才人共抱观光志，游子翻牵话别情。
马齿山前云缥缈，虎头岭上月分明。
韩门指日重登拜，樽酒论文乐盛平。

词意俱足。

寄呈郑夫子安贞毛夫子克进 二首

春风吹淡荡，鸿雁已归飞。
羽翼时相顾，关津独远违。
照人花灼灼，拂槛柳依依。
回首三山迥，云霞望德晖。

芳树阴阴密，游丝冉冉轻。
东风来远道，落月照疏楹。
绛帐频悬梦，青云忽引情。
故园何日返，相与一樽倾。

和雅是唐律。

酒楼春望

楼上初登望，晴光满碧空。
群山争黛色，万物悦春风。
把酒心逾远，看花兴不穷。
南天归雁度，嘹唳白云中。

“万物悦春风”五字有名理，视谢康乐“皇心美阳泽，万象咸光昭”，尤为简炼。

雨后游万寿寺

寥寥雨未止，连绵见朝虹。
晴天云气薄，道路交和风。
乘闲寻名刹，一径趋花宫。
楼殿接远近，梵音通西东。
方池漾碧水，中庭垂花丛。
鸣鸟亦自得，歌唤千林中。
妙香来佛地，霁景垂苍穹。
此境羡寂寞，坐久尘缘空。

雨后净业湖即景

彩虹昨夜跨城头，湖上今朝雨已收。
远渚水肥荷叶小，长堤日暖柳丝柔。
青烟向夕笼珠树，凉意随风到画楼。
我亦长安三载客，年年此地几经游。

“远渚”二句无一闲字。

秋阴

西风吹木叶，萧瑟起秋声。
四面寒阴合，群山薄雾横。
翱翔归雁尽，寂寞晚钟鸣。
却望南天远，思乡万里情。

郑学楷（生卒年不详）

字以宏，久米村人，官至正议大夫。道光二十一年（1841），以官生身份与阮宣诏、向克秀、东国兴同批入国子监就读，师从孙衣言。肄业后，曾充任驻福州存留官。孙衣言《琉球门人阮宣诏书来，知其以存留官代郑生学楷留闽，并闻东生国兴消息，喜简二诗》《琉球门人阮宣诏、东国兴以土物见寄而不得其书，即简二首并问郑生学楷》等诗可知其状，其中后者有云“南风相问讯，郑谷兴何如”。得知郑学楷死讯，孙氏有诗“却为怀人成感怆，当筵无意覆深卮”以悼亡。郑学楷诗今存于孙衣言所辑《琉球诗录》《琉球诗课》，诗后多有孙衣言评语。

海上观潮歌

平生喜游眺，未见海上奇。
今王嗣位庚子岁，乘槎海上历险巇。
长帆十幅出姑米，姑米下国属岛，过此则无岛屿矣。苍茫万里无津涯。
元黄不辨乾坤色，中流一气相滦洄。
银涛雪浪掀天至，素车白马惊交驰。
霆击雷轰碎天鼓，十洲三岛愁崩摧。
冯夷鼓舞出游戏，此时潮头百怪来。
长鲸掉尾鳌背赤，随波出没天昂低。
却看波外悬落日，金轮激荡迷东西。
中流一叶忘奇险，随波起伏天东陲。
三日初看鸡笼岭，四日已到五虎台。
从来沧溟纳浩荡，众流百渎皆来归。
即今圣德被遐迩，螺车羽轮朝皇畿。
奔鲸骇浪不复有，天光海镜清涟漪。

写潮之形状，颇亦善作奇语；结意正大，得诗人颂祷之旨。

渔梁月夜

多情一片渔梁月，无恙清光照古今。
搔首云山添契阔，关心烟水感苔岑。
滩声远落松萝内，猿啸时闻橘柚林。
旅思乡愁难解释，断肠不待拭秋砧。

疏古。

夜泊兰溪

天涯客子驾扁舟，夜泊兰溪感远游。
雨歇渔村吹暮笛，钟来山寺起沙鸥。
乡心自逐东流水，旅梦空悬两岸秋。
明日移桡何处宿，长江万里路悠悠。

和雅之音。

泊钱塘江

飞桡远自海东来，暮泊钱塘江水隈。
夜色苍茫连鹫岭，烟光缥缈接苏台。
临风游子看归雁，隔岸谁家弄落梅。
离合浮萍添契阔，青山明月独徘徊。

胥门吊古

吐气英雄彼一时，素车回首泣鸱夷。
君王红粉方成醉，志士丹心亦可悲。

麋鹿台空封古藓，姑苏月冷照荒祠。
如何余怒今犹在，日夜钱塘骇浪驰。

三四悲壮。

枫桥晚泊

东风吹送布帆轻，忽到枫桥十里程。
江月婵娟凉夜色，渔灯明灭听桡声。
疏钟尚忆当年梦，孤雁应同此夕情。
枕上萧条眠未稳，推窗屡数短长更。

黄河

积水落昆仑，长流向海门。
波涛吞泰华，日夜荡乾坤。
路接天河近，槎侵北斗尊。
荣光欣有瑞，重译谒宸垣。

气象崒屼如此，方许作黄河诗。

长新店早发

无限垂杨柳，依依夹路生。
柔丝迷马首，春意入莺声。
地接皇都近，人冲晓雾行。
多情茅店月，寂寂照离程。

“春意”五字炼。

送太史孙蕖田先生锵鸣告假归温州

金风吹雨柳丝垂，望处烟云动客思。
接席琼林曾赐宴，回鞭梓里快扬眉。
数声玉笛添惆怅，一曲骊歌话别离。
此去宫袍欣舞彩，瓯江万里慰归期。

少年行 二首

手拓乌号明月弓，秋风走马出云中。
等闲射杀南山虎，不肯逢人说战功。

长安游侠少年子，白马金鞍碧玉鞯。
美服不忧万人指，几回大醉酒家眠。

太白豪致。

望家信书怀

此身犹浮萍，飘泊屡易迹。
海南隔天门，三秋为远客。
栖息太学傍，春风沾膏泽。
独怀倚闾人，望云时叹息。
十月吹朔风，纷纷卷沙石。
积雪凝庭除，落月照坐席。
游子思故乡，夜夜驰梦魄。
千山落木多，音问骤难获。
策马出城门，试问城南驿。
忧心无已时，况此风雨夕。

怅望悬心旌，对灯感夙昔。
安得双鲤鱼，为我舒胸臆。

真挚。

古意

欲采忘忧草，偏愁出户行。
思人千里外，惆怅若为情。

起句即行露诗人之意。

易水吊荆卿

萧萧易水秋风寒，荆卿此地辞燕丹。
白衣挥泪当祖道，壮士怒甚发冲冠。
击筑相和歌慷慨，已知杀气摧长安。
秦王朝服设九宾，咸阳宫中供盘餐。
殿间无人披地图，於期之头血未干。
剑光直射秦王面，舞阳色变真无端。
计穷不觉见匕首，祖龙仓皇落胆肝。
铜柱环走不得刺，壮士一死人犹怜。
君不见子房铁椎博浪沙，两义士如日月悬。

雄直得之嘉州，结以子房作衬，可谓不以成败论人。

游山

峨峰耸天外，云烟常吐吞。
石扇横断壁，起伏如虎蹲。
羊肠何曲折，倒景凌天孙。

落日着短屐，悠然望云根。
峰峰含斜照，树树回黛痕。
林深路欲隐，溪响水犹奔。
下窥投林鸟，俯听啸风猿。
樵歌各遵径，牧唱已返村。
独游兴未已，暮烟忽就昏。

似谢客。

春耕

布谷鸣桑间，声声催农事。
田家感天时，农夫出稼器。
争向东皋原，始耕南亩地。
胼胝知力田，俶载随地利。
农夫唱田歌，农妇馌酒食。
谈笑占有年，力食无俗累。
不才遇主知，驰逐追骐骥。
挂帆冒风波，负笈游幽冀。
旅食移三秋，膝下旷随侍。
既夺天伦欢，又隔园林志。
因念田家人，风尘愧羁系。

“力食无俗累”五字，大似陶靖节，语出储、王田家诗之上。

野望

言出城东门，旷野何渺然。
东风吹桑柘，陌阡阴相连。

衣襟袭凉气，暮霭交遥巅。
涧水满清听，坐对思缠绵。
徙倚吟未歇，晚钟忽已传。
翳翳桑上影，半落西山前。
投林鸟雀噪，石径牛羊还。
相顾感云树，弥觉情绪牵。

修雅。

净业湖观荷花 二首

一碧湖光冷似秋，荷花绰约绕江楼。
倚栏人立垂杨外，无数闲鸥自在游。

露碎波心隐钓舟，湖光树色共沉浮。
芙蕖不似天涯客，叶叶花花各并头。

言情绮丽。

送助教黄海华先生文琛拣发湖南同知

再仰韩门未可期，湘南蓟北隔天陲。
风吹落叶声何急，衣拂晨霜去尚迟。
岣嵝寒云迷客路，桑干流水带离思。
从今五马随甘雨，歌颂骚人定有诗。

侠客行

劲弓引羽箭，宝刀摇霜锋。
慷慨负意气，跃马出云中。
朝杀南山虎，暮夺大宛骢。
报仇不顾死，醉归灞陵东。
千金万户侯，谈笑耻言功。

有气概。

送贡使回国

星使朝天谒圣明，忽看回马指南征。
风暄驿路莺声滑，日丽江头柳色清。
万里云霄豪士志，一泓春水故人情。
乡园反旆相思后，每托鱼书访旧盟。

寄郑良弼族兄

远来自沧海，迹托璧水池。
春风沐清化，鹿洞仰遐规。
年华如流矢，瞬息三秋移。
东风吹旅服，落月照书帷。
因念千里外，使人摇心旗。
海南隔海北，各在天一涯。
抚心感云树，低首伤别离。
光仪不可接，往往夜梦驰。
忆昔在乡里，执鞭时追随。

循循善诱诲，深沾垂爱慈。
霸水分袂日，沧洲挂帆时。
饮我百壶酒，箴我千金词。
泰山悬北斗，敢忘旧雨施。
如今关山隔，南望如调饥。
藜火勤竹册，就正须瓜期。
惟愿加餐饭，康健至期颐。

音节颇近魏晋人。

秋阴 二首

秋色来何处，乾坤酿夕阴。
连天云漠漠，隐日雾沉沉。
梧叶飘前岭，枫林急暮砧。
寂寥堪眺望，愁对碧潭深。

落木西风起，伤心旅思长。
严霜添惨淡，疏雨听凄凉。
离妇魂初断，飞鸿影独翔。
依栏频感物，梦落白云乡。

见雁

又遇西风雁影秋，数声嘹唳度沧洲。
音书谁寄飞沉隔，梦魄难禁道路修。
云堕城头凄欲断，月悬天上照如流。
年光已近茱萸会，回首深牵旅容愁。

五六激壮。

读《汉书》二疏传

兔死烹走狗，鸟尽藏良弓。
英雄大名下，遗恨属镂锋。
一日恋荣禄，千载成愚蒙。
贤哉二大夫，父子侍东宫。
师傅亲谕教，荣名亦何隆。
浮云看富贵，往矣东门东。
千金分邻里，余年乐有终。
知止人所贵，得失谁能通。
范蠡昔高蹈，烟水托隐踪。
二君事虽异，用心岂不同。
雄风隔千载，夙志犹所宗。

婉而多风，与退之《送杨少尹序》、子固《归老桥记》可参看也；诗格亦在晋宋人间。

喜雪

黑云满城头，惨惔昏白日。
天公试玉手，剪落雪六出。
朱栏纵双眸，气暖若溟渤。
已疑撒银盐，还似度明月。
拾食冻雀忙，封岭樵径没。
纷纷落阶除，凉气逼裘褐。
冒寒策枯筇，言出旷野阔。
陌阡滋浓膏，枯苗乍欲活。
田老占岁丰，击壤喜洋溢。
圣人至德隆，祠祷况精一。

一时回天心，已慰望泽渴。

我亦蒙殊恩，咫尺近金阙。

相将寻梅花，已向沙岸发。

“气暖若溟渤”写雪景最警、最细，末幅归本圣德，深得立言之体，一结亦悠然意远。

寄家兄

东风吹开燕山花，娇桃艳杏春交加。

剪裁锦绣出妙手，分明却似天台霞。

庭花开落今几度，年年春色来天涯。

花前把酒月下醉，梦中忽落海上楂。

幽州二月寒未尽，有时飞雪如银沙。

花光雪色时相映，烟景何殊神仙家。

风光虽好不解爱，往往离思牵苍葭。

天南天北不相见，江云江树愁如何。

颇得太白逸致。

呈外舅兼悼内兄楚南

日月随逝水，日夜去不留。

忽忽年华改，旅食经三秋。

秋风吹芦荻，鸣鸿向沧洲。

我有意中语，渺然去悠悠。

何况青门柳，春来垂修修。

燕赵多征客，攀折来何稠。

我翁不可见，踌躅添别愁。

清风与明月，梦魂落荒陬。
飘飘我内兄，意气凌云俦。
奈何去岁夏，一疾黄泉游。
呜呼苍者天，成德何不酬。
怀伤亦长恸，万里悲松楸。
由来人生死，圣贤不自谋。
短长既前定，安可人事求。
愿翁加餐饭，努力写积忧。
自此保康健，优游至白头。

情真便近古。

寄魏学诚师 二首

明月遥来水一方，清光万里照华堂。
云低天末星初落，柝碎城头夜未央。
碧海烟波劳客梦，青门杨柳断人肠。
归鸿难寄相思字，弹尽琴弦恨更长。

风流儒雅最相宜，海国群推第一师。
奉使当年瞻绣服，承恩今日忆丹墀。
圆桥钟鼓崇观听，蓬岛林泉怅别离。
夜半高楼人不见，隔墙谁唱柳枝辞。

词亦充赡。

寄马容斋师

鸿雁何心落眼前，却令旅客望归偏。

回头路隔沧溟远，屈指人惊斗柄旋。
古驿春风吹野草，燕台明月照南天。
桃花千尺桑干水，日夜东流去不还。

起结皆超，用意本之太白，而太白又从古乐府出也。

杂诗 三首

日月如流昼夜忙，天涯每苦小年长。
萱堂亲老今犹健，应亦归期屈指望。

为客曾经岁屡移，思家日夕隔山陂。
读书却愧违忠孝，奔走年来鬓欲丝。

青天一色宿云收，碧汉迢迢淡欲流。
三载长安逢此夕，当头明月照人愁。

向克秀（生卒年不详）

字朝仪，首里人。道光二十一年（1841），与阮宣诏、郑学楷及东国兴入国子监读书，师从孙衣言。在孙氏指导下，泛览汉魏唐宋以来诸家之作，相与切磋诗艺。在生活中，中琉师生亦结为友朋，往来频密。孙氏《向生克秀父某以海马一器及笺纸瓷碗见贻赋此为谢》可见此状。孙氏“择其诗而存之，因本其向学之诚，为极言‘夫学者不可以已’者，使远方之人有所兴起焉”，将四位官生平日诗作择优辑选，以励来者，成《琉球诗录》《琉球诗课》，并作点评。向克秀在学成回国途中亡故，在得知此讯后，孙衣言赋诗云“独伤向秀成黄土，谁为山阳问旧居”。其后，再有“却为怀人成感怆，当筵无意覆深卮”诗表达追怀之意。

柔远驿留别故人

天涯为客几经春，杨柳青青古渡滨。
月朗南台云叶薄，风吹西岭露华新。
凝眸万里皇京远，翘首三山旅恨频。
今夜驿楼相别后，怀人何处泪沾巾。

万寿庵前放船至南台

东风袅袅忽催行，野渡轻船趁晚晴。
两岸春随垂柳远，万重山入碧云平。
有谁短笛遥调曲，何处征鸿忽送声。
无奈今宵霜月朗，异乡流影照离情。

三四写景佳。

至杭州欲游西湖不果

武林山水青绵连，我今喜落西湖前。
何时却泛西湖水，溟濛烟雨浮吴船。
直寻胜绝不惮远，长堤杨柳探春烟。
舟师津头贪利涉，解维匆促心烦煎。
坐令清兴忽中沮，自知尘土无前缘。
回头却望吴山顶，修眉夭矫秋云边。

七古颇具流逸之致。

渡黄河

我自东海来帝京，北渡黄河逢春晴。
碧波千尺龙鳞活，流水万顷轻烟横。

随风客舟不得泊，遥看凉月悬孤城。
飞鸿嘹唳欲何向，安得一寄征人情。

宿迁项王故里

此地思何极，离离禾黍稠。
寒云迷霸业，暮日落遥陬。
碑锁苍苔乱，鸦啼古木秋。
乌江人去后，千载水东流。

董仲舒故里

先贤今不作，儒术忆当年。
草木迷荒径，云烟乱旧川。
寒流城外绕，明月客中圆。
回首荆榛地，怀人意渺然。

奉家君

青青窗外双垂杨，黄金枝叶依客墙。
拂风时助晚色冷，映月还作疏堂凉。
自从晨昏旷子职，别家忽忽殊星霜。
学舍独处生寂寞，天涯翘首徒彷徨。
昨者忽梦侍颜色，高堂笑语和以康。
何时学成归故里，上堂嘉庆陈金觞。

起是兴体，中有真朴语，故可存。

新燕词

海棠开后雨频频，梁上双飞燕子新。

客里几回看汝至，萧条未免亦伤春。

婉至。

奉马良纲法司 二首

万里分江海，皇州历几年。

花开遥野外，柳映碧窗前。

翘首松含月，横空雁隐烟。

却思调鼎者，远在白云边。

独倚层城际，遥遥水一方。

烟萦千岭树，风动百花香。

碧水流何处，春莺似故乡。

那堪三岁客，朝夕旅怀长。

大学石鼓

我自天涯谒紫宸，敬瞻石鼓庙门陈。

云烟已阅三千岁，桧柏相依七百春。

大宝本应昭日月，奇文昔尚混周秦。

今逢圣代重摩拭，玉树珊瑚映海滨。

古意 五首

池塘桃李花，几度落还开。
坐闻流莺语，窗下自徘徊。

多情明月夜，何处不思君。
停梭看秋雁，哀音不可闻。

日夜望关山，故乡万里远。
却看松际月，玲珑出青巘。

自君之出矣，忽忽改岁月。
离愁君不知，狂风吹乱发。

妾身如月缺，渐宽连理带。
郎如孤鸿飞，一去千里外。

口头语却真朴近古。

酒楼春望

春城日落水悠悠，独倚高楼恣远眸。
新涨一堤芦叶短，东风两岸柳丝柔。
他乡无伴因谁酌，旅雁成行向晚流。
寂寞却看南极外，云烟缥渺锁江州。

三四善作景语，以后又娓娓有情，此等作却近唐人。

呈榕城郑夫子

程门几岁接清光，远隔春风已两霜。

翘首朝元秋色暗，关心旅馆漏声长。

天低万岭云萦树，梦落三山月照床。

寂寞何堪离别恨，每思道范断愁肠。

五六炼冶有远神。

拟元旦早朝

朝天万国到神京，瑞霭春风玉殿清。

龙虎旌连青琐闼，佩珂声和紫鸾笙。

雪残金阙炉烟细，日照琼墀羽扇明。

共献千觞椒柏酒，车书一统被恩荣。

阶前蟋蟀

寥寥万山瘦，萧萧秋色深。

金风响落叶，纷飞满园林。

微蛩托阶际，何为常苦吟。

枕上乡梦断，寂寞不可寻。

起看灯影暗，远望疏槐阴。

一声度空雁，音书久淹沉。

始知秋虫语，难为旅客心。

音节近古。

暮春 二首

半江春水碧涓涓，一片飞帆接远天。
借问清流何处去，斜阳归雁白云边。

他乡无伴客思新，却看垂杨古渡滨。
日暮王孙犹未返，萋萋不改旧时春。

七夕

银浦流云淡月华，牵牛回驭鹊桥斜。
红楼画烛穿针处，斗取蛛丝笑语哗。

清新。

雨中有怀

西风吹雨散空林，疏竹青蕉入夜深。
淅沥气凉生角枕，霏微声冷和霜砧。
关山短漏惊乡梦，灯火寒窗搅客心。
无奈瞻依遥隔处，白云万里郁离襟。

奉马容斋夫子

今夕长安月，光辉万里新。
晚晴云叶薄，微雨柳花春。
极目关山异，当年笑语新。
萧条三载客，孤馆坐怀人。

格清。

奉贡使

燕蓟一分袂，几历岁月更。
瞬息春芳歇，萧疏秋风生。
蟏蛸挂户牖，蟋蟀鸣轩楹。
岁晏爽籁至，缥渺寒云平。
故人不可见，关心徒回萦。
不才游上国，钟鼓依周京。
明德敢不勉，诵读思修名。
上怀圣主恩，下慰父母情。
独恨道里远，心迹难合并。
君今返故乡，为吾陈精诚。
因此思万里，客思如榛荆。
举头远相望，渺渺风雁横。

沉笃。诗以情为主，情至者词亦至焉。古人如曹子建、杜少陵，其言情之作，无一泛语、浅语。千载而下，读者犹为心动也。然则学诗，固不可仅求之诗也。

东国兴（1816—？）

童名樽金，字子祥，首里人，官宦子弟。道光二十一年（1841），时为里之子的东国兴与阮宣诏、向克秀、郑学楷等人入国子监学习，师从教习孙衣言。今存《东国兴诗集》为写本，据其首页题签，该集由孙衣言评定。孙氏后辑选阮、郑、向、东四人诗作成《琉球诗录》《琉球诗课》，而《东国兴诗集》即为当时所选底本。与《诗录》《诗课》之刻本相较，是集收录诗作更多，且留存孙氏大量评语及润饰痕迹，亦更显生动。今藏于琉球大学附属图书馆。本书所选以《诗录》《诗课》为底本，同时保留孙氏评语。东国兴从国子监学成归国后，被尚育王任命为国学讲谈师匠，负责教育首里士族子弟。咸丰八年（1858），成为御同学，为年少的尚泰王担任侍讲。其对琉球汉文教育的发展助力非浅。

留别故乡同好 二首

飒飒秋风送客舟，多情把臂不能留。
桑弧曾抱四方志，男子今为万里游。
问道长途趋北极，怀人远梦落东州。
匆匆去路回头望，天半云霞隔凤楼。

文章万古在中原，太学峨峨礼乐源。
为客何知七年别，读书深荷九重恩。
鸡笼山冷离人梦，马齿烟横游子魂。
此去不违知己望，玉壶皎洁素心存。

节族跌踢。

过严子陵钓台

诸将云台相后先，先生独老富春烟。
江间暂掷钓竿去，天上还看星象悬。
历历风波成万古，悠悠山水已千年。
征帆今日随明月，七里滩头夜泊船。

子陵诗颇不易着笔，此乃独得远致。

舟泊钱塘江

直指钱塘江上烟，东风猎猎一帆悬。
武林楼阁接春水，葛岭云霞迎客船。
绿柳湾头初挂月，白沙洲畔孰鸣弦。
乡心渺渺何须问，此去归期又几年。

清空一气，在唐人中，其王右丞、李供奉之流欤。

京口怀古

姑苏晓钟断，江上挂帆席。
行行溯大江，江潮晚又落。
北固山濛濛，京口烟历历。
千里泊行舟，怀古转凄恻。
流水六朝前，王气忽已寂。
悲哉旧江山，犹送苍苍色。
几阅北府兵，屡看降幡发。
旧垒不可寻，萧萧芦荻夕。
笛声吹客愁，明月江波白。

起结绝妙。

望洪泽湖

积水无边接太空，波涛一气入洪濛。
微茫飞艇来烟际，杳霭轻帆出树中。
落日红生杨柳外，春风青到荻芦丛。
天涯万里行行客，几度停桡送暮鸿。

五六极雄极细，深于杜者知之。

拟雪中早朝

待旦蓬莱坐圣人，天街车马列清晨。
千官剑佩朝南殿，四国衣冠拱北辰。
烟起玉阶朝色暗，雪飘金阙瑞光新。
一家中外春风遍，恩溢东瀛万里臣。

望西山

燕代帝王州，蟠踞龙虎山。
城头一以望，壮哉耸天关。
纵横几千里，竞秀翠微鬟。
阴晴众壑异，隐见白云闲。
九衢千万户，苍翠纷回环。
承平无设险，登眺纾愁颜。
因以望家国，故乡何漫漫。

短古气亦雄迈，似岑嘉州。

寄向伯允执中用其送别韵

杨柳如丝草似茵，天涯游子又逢春。
雁来蓟北翻新影，燕绕梁头语旧因。
海国暮云同望远，长安明月独相亲。
多情心比桑干水，浩荡东流日夜频。

此则颇近右丞、青莲，非大历以后所有。其辨在神理，不在字句也。

寄向亮甫廷弼用其送别韵

思君其奈旅愁何，目送南来雁影过。
夜雨无端醒客梦，暮云相望隔沧波。
梁头月晓闻鸡早，陌上春来折柳多。
料得故人犹好学，蜚声应似化龙梭。

七律难得有远神，此盖深得右丞之妙。

送贡使归国 二首

星使承恩出帝城，怀家我亦旅心惊。
柳青蓟北行人远，云绕燕南驿路横。
征雁频年看去客，疏灯万里诉离情。
遥思君渡江干月，几度回头望凤城。

江南春水浪苍苍，路指瓯闽万里长。
断续千山回客梦，倭迟四牡奉恩光。
关心游子思亲舍，复命明廷慰圣王。
归去从余门外过，平安语解倚闾望。

咏秋荷

雨后荷花水半池，西风萧瑟岸傍吹。
凄烟冷露凭谁语，尚有微香月上时。

神韵极似渔洋。

夜闻落叶声有怀

秋色关山满，西风送雁群。
梦悬沧海月，寒隔太行云。
回首君思我，惊心我忆君。
两情千里别，落叶各纷纷。

只末句点落叶，便是高手，否则俗人咏物诗耳。

秋日有怀

乡路悠悠望远空，白云万里入溟濛。
长风吹送征人意，一夜飞归大海东。
霄汉秋清看落叶，关山月冷听鸣鸿。
兼葭萦梦苍苍尽，回首天涯思不穷。

仿佛太白。

中秋太学西舍赏月

他乡瞬息又中秋，携酒同为客里游。
皎洁独怜圆满候，婵娟几照古今愁。
沧溟家隔九千里，玉宇光寒十二楼。
不识谁人横铁笛，却吹离恨到皇州。

第三句是情语，亦是理语。

怀故园梅花

一枝谁寄故园春，驿使江南入梦频。
月落参横应怅望，萧萧林下看花人。

绝句皆得唐人三昧。

白马篇

君不见天马西来八尺高，追风万里真雄豪。
兰筋铁蹄悬铃眼，一点旋风白雪毛。
众中牵出谁不羡，红鞍过眼若飞电。
白日惨惨风萧萧，天育骠骑惊未见。
壮士骑将事四方，雪刀金鞭相辉光。
朝秣初发黄河北，暮度已踏天山霜。
壮士决命期报主，行行不知征战苦。
焉支战士来如云，雪海将军朝伐鼓。
万骑拥处一骑冲，万马辟易谁争锋。
挥刀已馘月支首，回鞭欲蹴昆仑峰。
花门几岁严刁斗，年年风雨沙场走。
能使青海黑塞边，一点尘氛不复有。
壮士朝来谒彤闱，金华殿前马如飞。
功成不受万户侯，白云山中走马归。

雄直得之盛唐人。

望西山积雪

寒风从北来，积雪西山冷。
云端白溟濛，侵空送寒影。

朝烟敛轻霏，远树合暮景。
泠泠城堞遥，相映远峰静。
因之思高人，踪迹在层岭。

似右丞。

古意 五首

山头望夫石，立化几风雨。
脉脉一寸心，千年不得语。

君作秋风雁，妾作秋风燕。
风雨各北南，相思不相见。

心如车轮辗，坐愁立亦愁。
沟水复沟水，各自东西流。

河洲鸳鸯鸟，相顾情切切。
饮啄白苹花，双飞不肯别。

终风逐浮云，聚散忽愁予。
仰看牛女星，同心而离居。

有真意，音节亦古，视《子夜》《读曲》等作，此为风雅。

秋阴

长阴无远近，极目望弥漫。
云堕城头黑，风吹木叶寒。
山前群雁度，天际一雕盘。
我亦悲秋客，萧萧倚曲栏。

三四警句。

送贡使归国 二首

滹沱百折走波澜，归道今年春水寒。
孤店垂杨迎驿路，荒城落日照华冠。
人家烟树鸡声远，岱岳风云马首看。
行过江南桃叶渡，飞鸿北去认长安。

秀伟。

兰桡吴越大江流，君唱春风归去吟。
帆影高悬千里思，猿声弹入五弦琴。
烟波岛屿天初暖，雨露蓬莱岁已深。
东道凭传云外语，冰壶无改旧时心。

呈马容斋夫子 二首

日下高依丹凤城，天边遥望白云程。
五更残月疏钟度，一夜寒灯细雨鸣。
路隔蓬莱犹景仰，潮回渤海日纵横。
旧游三十年前地，怅望应悬夫子情。公于嘉庆间读书太学。

迎恩亭下大江流，一别吾师已几秋。
天末三山看缥缈，风前双翮羡优游。
台垣俊望留丹凤，人世荣名付白鸥。
我自瓣香千里路，波涛烟雾霸津头。

寄泮水同好 二首

浡浡露湛帝城中，缈缈云遮渤海东。
柳密相看万余里，月明谁忆一征蓬。
春来郊郭蘼芜碧，日上沧溟若木红。
却忆当年离别处，孤帆霸水挂秋风。

闽山驿路九千程，况复波涛阻大瀛。
一自飞蓬天上卷，频教归道梦中行。
云霞落落情相望，风雨萧萧意亦惊。
凤举鸿轩今几载，五更残月独闻莺。

落落入古。

呈向淡亭夫子

长安春半绿垂杨，对此应教旅思伤。
落月新莺频睍睆，东风归雁各翱翔。
天边岁序随流水，海畔云山出大荒。
寄语怜才故园客，凤凰阙下受恩光。

浑浩流转。

春日杂诗 四首

离意相看江上萍，行人几度别长亭。
笛声吹暖城南树，杨柳千条一夕青。

十二街头杨柳丝，春风曾见几番吹。
策马去游芳草地，可堪昨夜梦佳期。

清明时节掩重门，树色濛濛覆短垣。
尽日莺儿花外语，萧萧风雨又黄昏。

客心渺渺大江流，还望烟波动远愁。
上巳清明都已过，落花飞过驿南楼。

凄切。

春耕 二首

杏花微雨晚霏霏，滑滑香泥映翠微。
田水声中闻叱犊，春风桑柘挂蓑衣。

“春风”七字画境。

生涯十亩最关心，春到田家乐自深。
为看儿孙耕绿野，老翁倚杖绿桑阴。

景象可乐。

游拈花寺 二首

净土萧萧似入山，凉风高树绿回环。

老僧不似天涯客，禅榻茶烟相对闲。

禅房幽处绝尘哗，曲径相通修竹斜。
开士那知春可惜，窗前落尽海棠花。

雨后游万寿寺 二首

野禽下回廊，曲径绿萝纷。
相对青山近，悠然见暮云。

水声绕山门，山色送晚翠。
人归斜照微，钟声出萧寺。

此等严沧浪所谓“羚羊挂角，无迹可求”者也，使渔洋见之，亦当取入《三昧集》中。

送助教黄海华先生文琛拣发湖南同知 二首

两载瞻山斗，偏伤离别襟。
悠悠千里路，渺渺七弦琴。
烟绕太行险，云回梦泽深。
白茅洲上月，应照汉宫心。

轩车辞帝阙，去路雪纷纷。
人望潇湘月，天垂泰岳云。
北风吹马首，南极动星文。
料到衡阳浦，春新雁阵分。

秋怀 四首

寒床一夜听鸣蛩，寂寞山河逗晓钟。
万里西风吹易水，九天秋色满居庸。
离人东望海边月，归雁南飞云外峰。
日暮城头砧杵急，征衣应记去时缝。

黄金台上夕阳秋，秋气萧萧动远愁。
落叶近依前岭散，长江遥入大荒流。
承恩尚作天涯客，向日谁浮海上舟。
吾看斗牛认家国，君依北极望皇州。

苍茫太液芙蓉水，牵动西风万里思。
露下红衣凉寂寞，波中青藻共葳蕤。
楼前老燕飞将返，树杪残蝉咽又悲。
回首可怜小儿女，怀人解否数归期。

云烟凛凛古金台，大火西流晓角哀。
临水登山乡路远，天高风急夕阳开。
客中秋色江南接，笛里新愁蓟北来。
三十六峰思不见，月明海上几时回。

浩浩落落，神似老杜《秋兴》。

送岁

一岁堂堂去，去者不可留。
七尺男儿身，何者为前修。
望远嗟忽忽，对酒心悠悠。
山河亘今古，星辰改春秋。
层冰将就泮，浮云忽以收。
古人还如此，击壶一长讴。
酣歌送一岁，如送远行客。
三百有六旬，无声去寂寂。
日月无停景，宇宙寄行迹。
百年人几何，东流水奔激。

清老似学东坡。

呈约斋相国 二首

晴日扶桑顶上圆，蓬莱方丈迥相连。
鼓钟上国随群彦，台斗中天望列仙。
仆射平泉闲论道，公孙东阁屡招贤。
独怜南北沧瀛隔，归雁临风一惘然。

柳条青处路漫漫，记把清琴和泪弹。
万里长风初送别，一轮明月远相看。
高山流水人如在，黄卷青灯夜未阑。
恨煞桑干东去急，不将归梦托银澜。

清华流转，仿佛刘随州。

寄友

弹罢泠泠花下琴，瑶华驿路问知音。
故人海上三年别，游子天涯万里心。
笛里春愁连蓟代，梦中清话慰苔岑。
帆樯又挂东风恨，直下烟波潮水深。

极似右丞《送杨少府作》。

寄向大筠秀

仰看千里月，远思万里人。
去年风雪里，君来古蓟门。
相问故园事，颇动旅客魂。
离情不相顾，王事各自勤。
君亦去万里，随风归七闽。
我尚在天末，鼓钟闻日边。
海角与天末，离别同中原。
春风吹绿柳，鸿雁亦北还。
别君心独苦，君归更茫然。
我家王城下，与君为比邻。
门前青山色，讵改当时春。
松萝坐寂寞，猿鸟来嘲讪。
临风独惘惘，落日翠微巅。京师西山亦名翠微山。

情真便是好诗。

新燕 三首

带雨双飞绿柳烟，衔泥相逐杏花天。
春分才到秋分去，何似人生别几年。

檐外差池话旧因，离情一载又逢春。
不知我亦天涯客，错向梁头认主人。

客路悠悠易断肠，河津欲涉恨无梁。
寸心说与帘前燕，海阔云深望故乡。

听杜鹃

青青芳草别愁侵，杜宇啼时春已深。
山鸟亦知归去好，年年徒有望乡心。

义兼比兴。

少年行

金鞍玉勒千里马，白日驰呼凤阙下。
意气高压长安儿，肯数南山射虎者。
借问谁耶是，羽林少年郎。
少年生长富且贵，突过汉家金与张。
春风长安夜沽酒，论交意气通四方。
昨夜羽书过边塞，塞上烽火连燕代。
烟尘万里阳关西，少年闻变气慷慨。
金马门前辞天阍，归来召客开金樽。
高堂张宴夜挝鼓，鼓声未歇驰出门。

跃马夜踏关山月，回头却看长安日。
腰间羽箭手宝刀，北风马头千山雪。
雪飞金甲冻不开，塞上云接黄河来。
河冰半裂戈相拨，马上已看清尘埃。
虏骑十万阴山北，驰马入阵阵云黑。
腥风夜起角弓鸣，千人纷纷马上落。
单于遁走瀚海边，追北直到昆仑巅。
少年不愿万户侯，勒功大书燕然山。

此少年大似鲁仲连，能于古人后自出新意。

咏史 五首

一朝弃相印，著书归旧林。
义士感知己，富贵岂在心。

谈笑退暴秦，千金笑抛掷。
万古激清风，萧萧云外客。

上书慕荣华，行行不知止。
苦思上蔡门，叹息咸阳市。

朝为万户侯，夕种东门瓜。
富贵本如此，世人多叹嗟。

逐臭人如蚁，滔滔世可悲。
卧龙三顾起，去作帝王师。

论古有识见，此种诗可以观志。

塞下曲 二首

塞草枯时冷铁衣，天山九月雪花飞。
角弓声落寒风里，知是将军射虎归。

高调。

笛声吹月落前营，风动云旗半入城。
一箭天山回万马，麒麟阁上擅勋名。

雨后见月

萧萧夜来雨，枕上愁人心。
蟾魄忽相照，清风一披襟。
天色夜渺渺，树影遥沉沉。
因思故园月，昔时多欢吟。
亭前灭华烛，花下弹素琴。

言尽而意不尽，斯为唐音。

喜晴

郊原游屧趁晴期，良伴呼催喜及时。
连日苦吟檐外雨，今朝快举掌中卮。
迎人芳草如修好，入眼青山各弄姿。
佳兴悠悠归去晚，又看明月满清池。

蔡大鼎（1823—？）

字汝霖，称伊计亲云上，久米村蔡氏后裔，琉球王国后期重要诗人，著述甚丰。蔡大鼎曾多次求学或奉使中国，其汉诗文创作甚至延续至琉球国灭。道光二十六年（1846），蔡大鼎在王城漏刻楼任职漏刻官，故所作诗文以之名为《漏刻楼集》。蔡氏于道光三十年在琉球应庚戌科及第，被授予文章总师职，位晋都通事，从事汉文表奏文书的编撰工作，此间有《钦思堂诗文集》。咸丰十一年（1860）蔡氏随琉球使团来华，以进贡存留通事之职，居榕城三年间，所作诗歌合集成《闽山游草》。同治十二年（1873），蔡大鼎以都通事身份随琉球使团赴燕京朝贡，出闽山，经齐鲁，游江南，抵于京师。《北燕游草》是其往返途中流连咏叹之作。

留别严父 二首

高堂孺慕乐悠悠，忽唱骊歌赴帝州。
今夜灯前相话别，明朝路上独生愁。
也知子职难容旷，其奈公车未许留。
从此晨昏谁侍奉，临歧安免泪争流。

吁叹难全孝与忠，悠悠行役大江东。
为图薄宦余升斗，终远高堂逐雨风。
晨夕莫亲温凊事，关山谁慰别离衷。
从兹形影相为吊，陟岵兴嗟思莫穷。

渔舟

万里沧溟水接天，渔舟欸乃橹声传。
一竿上下晴烟里，双桨沉浮夕照边。
破浪轻帆飞别浦，垂纶片叶系长川。
得鱼贯柳归来后，定使儿孙荻火然。

见国学书生佳藻即席 二首

泮水多材孰并肩，诗章俊逸比青莲。
吟哦好句惊风雨，口吻生花别样新。

不是文章倚马夸，安能如许笔生花。
柳公三步虽堪羡，锦绣诗肠更可嘉。

上巳 有引

读《论语》，有暮春浴沂之事。夫所谓莫春者，安知非值上巳之日乎？所谓浴沂者，安知非上巳之修禊事乎？自晋永和而后，曲水流觞，传为韵事，余亦未能免俗。庶天朗气清，惠风和畅，兰亭人不必专擅其美矣。因赋七律一首，诗曰：

莫追晋代右军游，宦客牵肠百尺楼。
最羡浮觞江一带，可怜修禊水千流。
永和胜会饶佳趣，工部高吟解别愁。
独倚云窗无兴味，萧然长对夕阳收。

七夕

天上女牛今夕会，人间乌鹊此时情。
金风入牖乡心切，银汉横空夜气清。
捣素江边潮四面，穿针楼上月初更。
闺中少妇应争巧，拙宦悠悠别恨生。

八月十六夜月蚀 二首

二八秋宵月影横，金蟆忽掩半轮明。
更阑渐复山河影，依旧光流万里清。

却讶尘封宝镜圆，人间暂失色娟娟。
女儿击鉴当今夕，敲动乡心思渺然。

赠下库理医士马克仪

爱君学业擅岐黄，医国医民药一囊。
济世善推司马语，活人自拟董仙方。
肱经三折心常慎，肠转千回诊必详。
触手春光回大地，同登寿域乐无疆。

赠国学副师陈元辅

人品如君真鹤立，文章山斗器非常。
菁莪中沚登群彦，桃李公门殿众芳。
时雨润多槐市里，春风坐久杏坛傍。
化成木铎归期近，宦客凭栏枉断肠。

陈子瓜期将满，鲰生今霸城门。

访僧不遇

梵宫日暮挂斜晖，重访山僧竟未归。
满院落花人语歇，一庭幽草屐痕稀。
云封净土闲眠鹤，烟锁祇园静掩扉。
独倚栏杆惆怅久，晚鸦乱噪树千围。

和金培义中城驿楼怀古原韵

古城芳岿白云稠，乘兴登临百尺楼。
千载英雄今已逝，百年灵迹此犹留。
庭前花卉开还落，林外鹧鸪唱未休。
高阁主人何处去，只余栏外水长流。

春日恭题上苑胜概

上苑奇观画莫传，琪花瑞草共争妍。
青松百尺筛明月，御柳三眠辫暮烟。
凤集梧桐枝婀娜，鱼依蒲藻水清涟。
遥知为惬宸游意，梅殿群芳独占先。

闻鸠

鸣鸠拂羽际芳晨，晓起枝头对语频。
断续竟然知唤雨，流连亦似解伤春。
村村布谷呼应急，处处催耕听却真。
百感都从声里触，何堪长作宦游人。

夜闻蛩声

金风萧瑟月三更，愁听寒蛩四壁鸣。
唧唧竟能醒客梦，啾啾亦自送秋声。
灯前怕引离情动，枕上惊闻别恨生。
竟夕恼人眠不得，寂寥惟对一孤檠。

夜子规啼

忽听春宵断续声，子规啼血月三更。
相思故国音偏切，屡唤深闺梦乍惊。
劳尔催归心恻恻，怅予伤别泪盈盈。
玉人歌舞归来未，杨柳楼头动远情。

闻笛

忽听楼中吹玉笛，行云响遏夜三更。
随风却带凄清韵，和月还飘断续声。
折柳歌倾孤客泪，落梅曲动故国情。
残星几点宵阑后，弄罢余音塞雁横。

招饮山庄

为觅尊前话，云寻别业来。
谈宜风月共，兴遣酒诗陪。
槛外松涛卷，筵间鸟语催。
辋川何足羡，玩赏久徘徊。

秋日安座名楼望乡 十首选三

凄凉雁破三更梦，断续虫催四壁秋。
望到白云归远岫，悠悠宦客不胜愁。

万籁萧萧才拂牖，一身寂寂独临轩。
家乡缥缈知何处，目断江南黄叶村。

高阁新秋暑渐消，金城村外酒旗飘。
欲沽斗酒酒钱尽，转惹羁情倍寂寥。

秋景

百尺高楼入望平，枫林霜叶映窗明。
千丛木落千山瘦，一色天高一雁横。
连野白云空淡荡，际天碧水极澄清。
微臣愿献南山祝，菊酒跻堂捧巨觥。

冬景

冬风凛冽凤凰城，触目频牵客子情。
云拥危峰迷远近，雪埋秃树酿阴晴。
瑶池冰合鱼难跃，银野霜铺马不行。
薄宦苦寒愁踯躅，好和同伴酒樽倾。

首里八景

冕岳积翠 二首

扶杖登临冕岳巅，苍苍四面绕云烟。
岚光远映重城外，积翠遥横万壑边。

游览青云岭万重，青峰不改旧时容。
攀藤陟彼祠坛上，人在球阳第一峰。

雩坛春晴 二首

雩坛顶上乐遨游，恰际春晴景最幽。
树树山山开画本，凝眸不觉久淹留。

春风转瞬换韶光，步上雩坛引领望。
千树鸟声仍故国，愁人犹滞白云乡。

经台新荷 二首

城外经台有早莲，淤泥不染小如钱。
未张翠盖才浮叶，翻露珠成颗颗圆。

薰风时觉起荷塘，数点新荷贴水苍。
待到红衣争发日，清香冉冉逗东厢。

龙潭夜月 二首

一轮明月色娟娟，影印龙潭水接天。

无数游鱼吞复吐，耐人玩赏半桥边。

多情一片龙潭月，异客频添故国思。
孤影徘徊无侣伴，离忧欲解酒盈卮。

虎山松涛 二首

何处萧萧翠浪生，虎山松树向风鸣。
怒号响逐三霄外，欲洗行人俗耳清。

不是山君啸韵清，却疑沧海放涛声。
青松长啸山风起，更引幽人物外情。

崎山竹篱 二首

竹篱四绕崎山坞，结构坚牢麂眼明。
高节森然初插地，犹含新粉午风清。

竹结篱笆绿影繁，横斜掩映护山村。
编成一带闲花影，只恐羊归或触藩。

西森小松 二首

西森山上小松青，偶得闲来纵目经。
莫道疏枝凌汉未，年深自有化龙形。

小松郁郁四时春，已觉萧疏绝俗尘。
勿谓而今材短小，他年定作栋梁身。

万岁岭夕照 二首

万岁峰头夕照明，四围旋听晚鸦鸣。
霞光似染晖村落，此地居然近赤城。

晚来啅雀向枝争，夕照霞光映岭明。
转瞬月升沧海上，悠悠惹动故乡情。

冬至

久客他乡岁月更，又逢冬至一阳生。
日行北陆寒威逼，春泄南枝暖意萌。
六琯吹葭灰已动，五纹添线绣初成。
明朝却喜瓜期满，爰整归鞭出凤城。予今瓜期将满，归日既迫。

留别向先生 二首

长亭杨柳色含烟，听唱骊歌倍黯然。
万里云山今一别，天缘再会是何年。

马足车尘逐雨风，临歧莫慰别离衷。
从兹相隔遥相忆，聊借鱼书一纸通。

过铭莂墓

数丛宿草护佳城，凭吊弥殷仰止情。
莫谓贤愚同泯灭，一抔黄土尚留名。

过浦添驿

浦添旧驿傍层峰，俯视群山耸万重。
此处最宜人小憩，眼前风景带秋容。

宿与那城驿

夜深栖宿驿亭中，遥忆乡园思莫穷。
别绪懊人眠不稳，愁闻天半唳秋鸿。

与那城驿晓起

晨钟敲罢晓鸡鸣，正值征夫欲早行。
起视满江潮乍涨，传来一片棹歌声。

钓鱼

四围云水两漫漫，独自垂竿傍钓滩。
半日淹留仍不厌，归时明月一轮寒。

送王承功游闽山

拂拂东风万里天，朋侪把臂绿杨边。
千杯欢伯情何极，一曲离歌恨共牵。
星月悬霄秋气爽，风霜入户曙钟传。
可怜从此相离远，岁月蹉跎序易迁。

送从堂兄启业游闽山

习习东风拂晓烟，霸江解缆九山边。
未酬玉盏心先醉，为唱骊歌意欲传。
路绕云山情脉脉，月明沧海色娟娟。
离筵只在长亭际，顷刻天涯万里船。

送毛绩宏游闽山 二首

为精学业抵榕城，浩淼烟波万里程。
桂楫摇时仙舸稳，云帆挂处碧空横。
几杯浊酒酬佳趣，一曲离歌送远行。
日就月将旋梓里，应教蕊榜仰芳名。

争开菊蕊几番香，月影横斜挂粉墙。
河满一声挥冷泪，阳关三叠断愁肠。
风高直送孤帆远，云净遥看曲岛苍。
见说闽儒多饱学，虚怀定与炙辉光。

送毛发荣之闽山

爱我情无已，其如判袂何。
三霄流月影，一座唱骊歌。
天曙离帆远，钟鸣别恨多。
送君心不尽，挥泪洒琼河。

送王瑞芝为师之太平山

文字雄奇得隽先，遥悬绛帐太平边。
邮亭折柳离愁动，驿店分襟别恨牵。
善教蒸于和气里，高名仰到泰山巅。
漫言异地无知己，桃李公门古已然。

送毛大兴游闽山

几朵黄花映别觞，骊歌亭上断愁肠。
明朝碧海仙舟去，万里天涯望渺茫。

送友人

明日顺风兼顺水，今朝饯别到离亭。
贫居交际无他赠，唯有寒山相送青。

留别

杨柳如丝故国情，梅花一曲暮云横。
别君此夕须相醉，隔断东南万里程。

留别向公

交际逢君已有年，今朝分手思悠然。
翩翩众鸟飞犹集，漠漠孤云去若悬。
身返衡门茅舍里，心依潭府画堂前。
多情欲述怜才短，聊送诗章一纸篇。

贺梁得功登第启 有诗

恭惟台台，性地高明，志趣远大，学究三才，名高百氏。既诵二酉于口，亦究六艺于心。声华早振于南闱，姓字斯闻于北省。是以天肇文明，人标豪杰，挂榜之下，鸿才登第，词成五彩之观；凤册联名，色动九重之鉴。此诚天降下民，作之师者也。自时厥后，专掌入贡天朝之文章，而无毫厘之谬，可与东里子产争烈矣。且敷嘉谟于多士，如坐于春风之中，沾乎时雨之化。诸生悦服，无不爱戴者。此岂非天下桃李尽在公门之谓哉？今者扬名显亲，光前裕后，不仅一时之盛，真毕世之荣也。鲰生素怀鴃鴂之胸，未接凤凰之翅，识荆有愿，未获登龙，兹际足下鲲化之时，难以缄默，谨呈短启并七律一首以贺大喜，伏乞丙照，曷胜寅祷。诗曰：

青衫已染柳丝轻，文字纵横莫与京。
赐宴曲江叨惠泽，探花上苑播声名。
才怀曩日敲吟钵，喜溢今朝举酒觥。
辛苦十年殊不负，鹏程直接凤凰城。

贺王庭赓新娶

青鸟黎明带信翔，王郎此日迓休祥。
杯交座上飞鹦鹉，乐奏堂前舞凤凰。
二姓盟申山海固，百年好结晋秦长。
因知宜室宜家后，入梦熊罴兆炽昌。

贺郑克让新娶

由来佳偶自天成，结得良缘举酒觥。
春入庭前桃李丽，祥开堂上凤凰鸣。
朱陈此日同修好，秦晋当年久订盟。
琴瑟和调宜尔室，旋钟秀气玉麟生。

贺毛邦振弄璋

丹山彩凤晓天鸣，积善庆余令子生。
寝室梦熊秋九月，闺房投燕夜三更。
也从隐隐探奇相，更向呱呱听异声。
他日鳌头应早卜，光前裕后永垂名。

和贺白鹤道人八十高寿原韵 三首

澹泊高明第一身，浑无嗜好悟仙真。
佐君紫禁彰鸿业，养性丹邱绝俗尘。
最羡文章清且雅，何惭德行圣而神。
杖朝从此增遐福，恋国忠心总是春。

高人正近百年身，酷嗜诗书养性真。
浑备三多含喜乐，更存五福脱埃尘。
德威莫让贤和圣，词翰能惊鬼与神。
堪羡如斯才八斗，长生不老四时春。

脱落人闲物外身，自天增寿悟仙真。
静居紫府超凡界，久乐丹邱洗俗尘。
词翰得名隆位望，曾玄绕膝养精神。
鲰生此日无他颂，鹤算应期几百春。

庚戌冬升都通事位因有感题绝句

赐爵青年果若何，只因入彀总师科。予二十八岁拜文章总师。
更宜矢志鸡窗下，万卷诗书细揣摩。

考试及第志喜 有引并诗

余学愧承蜩，才羞画虎，鸡窗之下，十年读书，尚屡龙门点额。幸庚戌春入场应试，既试之后，独占鳌头。一家欣忭，箕裘不坠，裕后光前，不特身有荣施，而且门增光宠，此则不负窗前勤苦者也。既而服蓝袍拜丹墀，宫花压帽，御酒开筵，赐鹿鸣宴，以示褒奖。宴罢归第，九陌人人走马看予，更兼宗族弟兄，备酒相迎，合座酬酢，以庆得隽之喜。因忘固陋，点缀七律一首，诗曰：

愧予不学负青年，今喜蟾宫折桂先。
朝罢琼林刚赐宴，归来草屋又开筵。
何当姓字惊天下，且羡功名近日边。
莫笑平生多大志，古今忠孝重双全。

喜友人见访

好是菊花秋，良朋过我游。
开樽千古话，下榻两情投。
竹外凉风至，栏前夜雨收。
殊怜相识晚，把袂慰离忧。

谢林公招饮山庄

冬风凛冽降严霜，邀到壶川入此庄。
饮尽百杯同太白，狂倾一座似知章。
浑忘野外寒威逼，更喜山间月色凉。
为怕季伦行罚酒，诗情畅后乐无央。

谢郑公招饮山庄

昨宵别业羽觞流，解尽心中一片愁。
酒梦初醒犹恋恋，仙庄何日卜重游。

谢久米村笔者招饮章台

爱惜良宵月色光，邀行柳下百花香。
新丰美酒多兼味，醉卧高山乐未央。

谢郑庆云招饮章台

同游昨夜酒兼花，国色天香不足夸。
饮到更残月落候，浑忘西岭斗牛斜。

谢郑上达寄赠书信并红花

六六双鱼去又来，芝颜如挹转疑猜。
红花色媲红霞艳，更染朝衣拜凤台。

谢孙得才惠花木

满座花香四季春，早教骚客赋诗频。

未曾解语先含笑，恰好欣迎慰主人。

谢孙一兄惠茶叶

夏日炎炎似岁长，偶斟佳茗一身凉。
卢仝七碗传今古，不必饶于此味香。

谢神医活母

弗学时趋古法遵，回生有术效如神。
仙丹换骨曾经验，药味沾唇不厌辛。
橘井英华前度蓄，萱闱色笑者番新。
盛名直欲高和缓，针炙居然着手春。

赠丰居仁 二首

曾闻腹笥学便便，把臂今朝喜浩然。
架有奇书思共赏，樽留浊酒且为延。
撑肠自出五千卷，下笔还成三百篇。
儒术冠时真俊杰，愿君秘旨一相传。

独抱奇才副盛名，寸心更自竭丹诚。
英豪具有凌云志，词赋还闻掷地声。
首里曾传推学富，唐荣亦解想怀清。
深惭陋质雕虫技，弥羡青年事业成。

赠梁兄会学王氏山庄 有引并诗

连日寒风肃杀，冷霰缤纷，曷胜苦寒之至。一日天晴云散，殊觉冬日可爱，登山绕野，玩赏其景，转到王氏山庄。其庄在瓦屋之南，涌田之东，经过泉崎桥而南，路转峰回，约行数千步许，花光掩映，山色淡浓，远望近眺，无处不佳。况又境僻人稀，清幽可爱，宜乎本乡先辈在此会学。因忘固陋，聊赋俚章赠之，甪求润色步韵是幸。诗曰：

一朝携杖到山庄，不断书声兴味长。
雅爱景佳宽眼目，偏宜境静诵文章。
谈论屋角灯含影，眺望窗前月送光。
他日秋闱谁可并，鳌头独卜有余庆。

寄赠友人 二首

独在寒窗不自由，每怀益友触离忧。
一编赏析心同苦，万里暌违思倍幽。
屈指频添分手恨，回头忽忆读书俦。
何年剪烛纱幮里，重与论文互唱酬。

屋梁落月已西流，恍惚相逢大雅俦。
年去年来心耿耿，江南江北路悠悠。
羡君丙舍能勤学，怅我寅窗独引愁。
念到参商无限恨，举杯莫解别离忧。

赠张医士即事

一轮明月影侵筵，促膝论文旨豁然。
不识当年和缓辈，可曾兀坐耸诗肩。

赠同僚陈元辅期满退文章司

同居翰苑典文章，解绶明朝别恨长。
高谊金兰应可拟，深情胶漆欲相方。
五更落月窥华屋，半夜清风拂草堂。
一日三秋君与我，倚楼极目思茫茫。

候郑克让

屈指连旬未出游，问君此日果安不。
暮云一片窗前断，落月三更屋角流。
积学有年真俊士，同心可卜是良俦。
身虽碌碌牵尘俗，愿得余闲为破愁。

候郑光瑞为师在首里

昔居学馆共经筵，今类参商已隔年。
欲寄音书鸿杳杳，孤延酒盏月娟娟。
堂前设帐春风足，纸上挥毫鸟迹鲜。
流水高山何日见，相为谈笑寓诗篇。

答郑上达为师在太平山见寄 二首

坐拥皋比化雨宣，菁莪乐育士皆贤。
光风霁月悬冰鉴，具此胸怀别有天。

江东渭北梦魂通，落月梁间思不穷。
料峭微风飘竹径，还疑踪迹步墙东。

和答陈兄见寄元韵

异地初相别，于今节序更。
才华惭我拙，学业羡君精。
旅馆添新咏，吟坛忆旧盟。
论文思白也，樽酒话平生。

和答林世元病中书怀原韵

此身自在总由天，一病能教百感牵。
信是神祇相保佑，等闲无事且长眠。

慰世功先生丧祖母启 有诗

恭惟人生，年之修短，原天命之所致，非人力所可为。不但此也，即吉凶祸福亦然。大凡庸俗辈，皆不知天数所存，人道所在。若有亲戚身故者，或追憾于衣食不足，或归咎于医药误投，或致怨于鬼神不救。此乃小人之情，而非君子之道也。若君子则不然，以理察之，以义明之，故无毫发之惑，日后之悔。所谓上不怨天，下不尤人者也。顷闻足下自令祖母捐馆而来，哀悼不已，血泪盈盈。恐兄过伤肺腑，故逞愚见，聊述一言以慰。伏念从失严父，未历三年，风木之悲，唏嘘难遣。且令祖母亦不幸仙逝，是人事之最凶，而人情之所当悼者，宜乎仁兄愈增血泪，深致悲痛也。然命也数也，必须顺便节哀，勉图后事，若或哀毁灭性，不唯莫慰九泉，亦非守身之孝。今越五十余日，宜稍舒忧悃，或游青山之颠，绿水之湄，览花草之媚态，听禽鸟之变声，以解其忧，而不至于抑郁生疾，是所厚望于台台者也。思之思之，沥函顺候近祉。诗曰：

见说君家历苦辛，从今福履与时新。
为悲祖母心如结，弥痛严亲泪湿巾。
早信死生原有命，须教朝暮谨持身。
胸怀戚戚休长抱，过此重回万象春。

哭同学郑克让文 有诗

呜呼！郑公与予总角联交，未见不恭之行，更无不善之心。意气相投，志同道合，鸡窗雪案，惟日孜孜，以文相会，以仁相资，緬其善行佳言，真金兰之契也。讵意一染疟疾，恹恹不起，遂于十有一月初四日物故，余不觉拍胸痛哭，泪泗滂沱，不胜哀悼。嗟呼！如此之人，早促其算，则天乎不可知，而神乎不可问。从今以后，幽明相隔，魂梦难通，一话一言，将与谁语，真使予郁郁于心也。夫郑公之卒，原系天命，非人力所能为，庶几君子曰终，而安魂魄于泉壤矣。念切念切，因题七律一首。诗曰：

故人中道忽相捐，两泪交流意黯然。
指望身当成大器，可怜天不假长年。
迎同倒屣虚三径，召应修文逝九泉。
一束生刍遥荐日，里闾多士亦愁牵。

丙午盆祭追思亡母 七月十三日俗祭也

刚逢盆祭荐芬芳，僾见浑如在画堂。
饮到杯棬难入口，感深风木倍回肠。
儿曹泪洒秋风冷，族姓情生爱日长。
回首鸡豚难奉养，形声已杳不胜伤。

题郑子学楷新构山庄

对此山庄洗俗尘，偏怜景物四时新。
遥闻樵唱和松韵，静见农耕踏草茵。
遐迩有山皆锁翠，陌阡无物不含春。
个中便是忘机地，聊赋诗章赠主人。

题具志头御殿别墅 四首

闲来寻胜蜀楼边，结构山庄别有天。
绿竹猗猗泉漱玉，主人不问识高贤。

主人不问识高贤，满座琴书屋几掾。
更睹鸢飞鱼跃处，养成情性十洲仙。

养成情性十洲仙，不接红尘趣洒然。
林外徘徊多少鹿，清风明月更应怜。

清风明月更应怜，江海成池引石泉。
马齿两山宽眼界，辋川别业此俱传。

题比嘉氏山庄即事 二首

巧构山庄大岭东，山光野色入帘栊。
骚人忽有诗情发，更酌金樽趣莫穷。

一入离庄多景色，砂川前岭接苍穹。
徜徉户外清心目，知是米公画意工。

咏笼中鸟

春风上苑乱衔花，底事笼中且作家。
几度变声如在树，不愁矰弋楚人加。

咏苑中桃花

一团锦绣簇桃花，镇日无言映晚霞。
三月春浓红雨乱，洛阳禁苑不须夸。

咏芍药花

几朵芳姿娇欲语，红绡绽处满庭香。
从知国色无双艳，风亚珊瑚昼正长。

咏秋菊

风光渐欲近重阳，几朵黄花晚节香。
冷蕊绕篱才浥露，繁英满径独凝霜。
新诗不厌秋容淡，浊酒微斟月色凉。
何处更寻彭泽宰，朝朝同赏老松傍。

咏早梅

江上寒花淑气催，横斜数点为谁开。
多情共说林和靖，不赏群芳只爱梅。

到江村寻梅花

远山日薄渚烟低，一带江村宿鸟啼。
乍听渔翁来报道，梅花争发小桥西。

咏兰 四首

兰生九畹拂轻烟，一种幽香几度传。
淡月清风秋气爽，成丛好伴菊花鲜。

最爱兰花绕砌侵，紫茎绿叶美人心。
空庭几阵香风度，忽忆停车静鼓琴。

何处幽香拂曲台，遥知兰气逐风来。
几茎弱质尤清丽，却讶奇花为我开。

一种幽姿绝世娇，芳生九畹任风飘。
佩同晚菊秋光冷，远胜春花媚态饶。

咏护国寺岩榕

三光院里敞轩楹，护国寺亦称三光院。最爱青榕抱石生。
细叶重重春雨润，浓阴冉冉午风清。
长垂佛座应连抱，为傍禅房倍向荣。
进茗沙弥勤拜礼，骚人咏到日西倾。

和向大人题莲花原韵 三首

几朵莲花迥异常，亭亭水面逐风香。
淤泥不染同君子，吟咏浑忘夏日长。

偶过莲塘景不常，花娇欲语且飘香。
水心亭上孤吟处，几阵薰风引兴长。

莲花绰约胜于常，塘畔无时不送香。
十里深红兼浅白，凭栏坐对引杯长。

咏桃花 二首。仿近世如此用桃字

登临高阁怜桃树，几朵桃花索笑频。
酌酒红颜桃面映，今年桃胜去年春。

四围栽植皆桃树，踏遍桃花酌酒频。
若许桃红赊我面，千年桃色赖青春。

和梁夫子赋得咬得菜根元韵 二首六韵

禹王俭德真堪慕，更有汪公咬菜根。
早绝奢华天理得，常甘澹泊古风存。
香生齿颊应如许，味足晨昏孰与论。
独守清操依艺圃，弥增佳趣入柴门。
箪瓢不让高贤乐，车马浑忘俗客喧。
知是名臣相励处，好敦廉洁佩芳言。

儒生立志须勤俭，蓬户安心咬菜根。
不恋繁华君子意，常甘澹泊古风存。
瓦盆藜藿原为美，鼎食膏粱未足论。
昔有箪瓢居陋巷，今看卿相出柴门。
居然诵读随吾性，岂有逢迎趁俗喧。
景仰文公醒世界，叮咛记取此佳言。

画竹

猗猗绿竹号苍筤，直干横枝倚夕阳。
最爱坚刚君子节，四时不改傲风霜。

画瓶中梅花

梅花带雪两三枝，插入瓶中画态奇。
浑恨依稀难结子，清香暗拂月明时。

赞画雁

老手丹青万世光，秋鸿嘹唳欲飞扬。
汝身到否云山外，一纸音书寄故乡。

画鹤

紫顶丹眸点缀奇，霜衣月羽擅芳姿。
翱翔碧落称仙客，昭质无烦五彩施。

赞画马

长鸣踶啮追风势，韩干精神画里夸。
欲动霜蹄千里路，敲诗聊献主人家。

见古波藏村马场走马

步到村场草木丛，官民走马绿荫中。
一鞭着处飞如电，千里奔时疾似风。

善御王良工不贱，长鸣伯乐意无穷。
久闻偃武明君世，按辔徐行乐意同。

画美人 二首

画出蛾眉二八年，栏前静采菊花妍。
无言笑倚风前立，疑是蟾宫谪降仙。

半幅丹青分外奇，花颜云鬓比西施。
徘徊院落情何限，小笑无声日暮时。

倚楼美人图

山青天欲晚，仙女倚高楼。
似语闺中怨，悠悠对月钩。

咏美人图 二首

谁写佳人蕙质清，悄然独坐默含情。
翠眉妩媚初临镜，玉指参差欲弄笙。
万树桃花烘日丽，一枝杨柳舞风轻。
凭栏小住遥相望，疑是西施此复生。

淡写丰姿妙入神，柳眉蓉面一番新。
无言似带胸中恨，不语能惊眼底人。
一种媚容羞月否，十分丽色妒花频。
翻疑画手凭谁赂，我见犹怜境逼真。

渔翁垂钓图

波光一带望无垠，垂钓西风扑面皴。
一领蓑衣思换酒，丝纶放下半江滨。

见林阮两兄佳藻

下笔成章分外奇，才华直逼牧之诗。
挥毫纸上词源涌，不仅能为一字师。

秋日游奥山 七言八韵

连月风霜撼树巅，今朝恰值晓晴天。
寻幽直到深山里，览胜还来古岸边。
绿橘千头含宿雨，青松百尺锁寒烟。
嗷嗷远听云端雁，跕跕平看水面鸢。
隔岭梵音灵草寺，沿江歌唱采莲船。
似环玉带长流净，恍列围屏叠嶂连。
攀到香台携酒榼，摹残墨迹写诗篇。册使赍临，有挂匾额。
无边好景探难尽，缓步归途月镜圆。

游垣花醉回即事 三人作

醉起月残天已晓周兆麟，深生春意渡头西蔡大鼎。
自怜昔者刘伶辈魏掌政，一旦醒来客思凄周兆麟。

住吉晚景 七言六韵

四面风光一望收，苍茫万里暮云流。
夕阳弄影衔层壑，秋水涵虚映翠楼。
岸曲老渔移棹去，林闲归鸟认巢投。
云峰驾海蹲如虎，画桨横江泛似鸥。
雁落平沙红蓼散，鱼吹细浪白萍浮。
相酬玉盏联吟久，不觉东山露月钩。

秋日途中逢雨到西福寺

催寒微雨过山庄，半亩禅宫晚倍凉。
新菊满篱都弄影，长松沿路不闻香。
巍巍塔势凌孤嶂，隐隐钟声出上方。
借问高僧何处去，飘然托钵水云乡。

春日游东禅寺

独步来精舍，群花四面妍。
暖风吹磬落，飞雨隔峰悬。
梵宇晴烟外，禽声翠竹边。
高僧相话久，不觉夕阳天。

游龙渡寺

古寺深林里，萧萧万籁声。
门前朝霭重，阁外暮烟横。
乍有花风落，还听竹露鸣。
谈禅多逸兴，山月入窗明。

游八蟠寺

古寺高营安里北，登临忘却世间情。
松风屡拂禅房爽，竹影时摇宝地横。
鹤靠案头听梵语，鸟窥座上骇钟声。
游人借问先王甲，直指前楼在两楹。

登丰见故城怀古

孤城突兀接苍穹，四面萧条辇道通。
旧墓犹存双阙址，主人不在百花丛。
杜鹃啼血颓垣外，鼯鼠潜身暗谷中。
时遇老夫寻往事，闲谈俊杰德声隆。

登鹅额山

岧峣鹅额耸长川，攀到峰巅咫尺天。
恍惚昂头笼水面，依稀引颈向人前。
粤山磬自深林送，小禄砧随爽籁传。
从此三霄登甚易，浮楂可到绛河边。

登松山

直到青山上，萧骚绝俗氛。
莓苔深浅丽，花草淡浓芬。
老鹤招为侣，高僧许订群。
仙踪应可访，步入数峰云。

秋日登江楼

为爱江楼景，登临八月秋。
棹歌当户起，水色映栏浮。
嗷嗷衔芦雁，飘飘逐浪鸥。
此间多胜概，愿与主人留。

登波山 四首

最好波山景，登临万仞秋。
渔舟沿岸泊，白鹭逐鱼游。
霞彩飞苍海，潮声撼画楼。
盘桓多逸兴，回首月光流。

多山四望景无穷，沧海浮波接碧穹。
天际归舟飘一叶，风光收入画楼中。

水色山光别样新，长天一碧净无尘。
群峰列屋池为海，不觉毫端琢句频。

远上笋崖里，群鸥水面浮。
潮声遥入夜，爽气胜于秋。

寒夜郊行

下弦山月夜将阑，雪拥前村纵步难。
遥望隔江人语处，千林叶尽一灯寒。

中山八景

泉崎月夜

泉崎村落水光平，万里秋高月色明。
枫叶几家炊火影，荻花别浦棹歌声。
遥天一望云痕净，冷露千行夜气清。
有客长吟桥背上，买春不厌玉壶倾。

临海潮声

白日依山返照浮，潮声澎湃到山楼。
千层块垒平沙岸，万叠波涛卷海流。
滚雪乱翻菰米散，奔雷直震石台收。
惟今不问从来处，且语高僧物外游。

粂村竹篱

村南村北竹成丛，千亩横斜夕照中。
劲直数竿君子节，扶疏一径故人风。
斜侵翠色朝烟绕，密护清阴暮霭笼。
族衍南闽千载历，恩波浩荡乐无穷。

龙洞松涛

不知何处起涛声，古洞松风隔岭鸣。
忽听怒号天际落，居然澎湃月中生。
遥连万壑龙吟乱，突卷三更鹤梦惊。
溪口潺潺流水响，山间尽日韵同清。

城岳灵泉

一策鸣驺到岳边，掬来混混在山泉。
流过径曲如拖练，韵绕林间误鼓弦。
乍觉雪霜飞白昼，却疑风雨落青天。
星楂大使留诗笔，心迹相参万感牵。

笋崖夕照

独上苍崖万里平，一竿夕照海中明。
斜穿列嶂千重树，倒映危楼几曲楹。
举网老渔沿岸泊，归巢禽鸟绕枝争。
蒲团趺坐斟樽酒，此地翻疑是赤城。

长虹秋霁

一色长天一望秋，无边风景眼中收。
波光万顷摇鳌背，海气千重漾蜃楼。
傍晚雪连青汉合，新晴日映彩霞流。
相安吟榻登临处，却喜从兹到十洲。

中岛蕉园

好是蕉园绿一丛，重重不受火云烘。
微敲砌畔三更雨，乱战庭前半夜风。
扇影斜侵花径外，琴声静听竹窗中。
浓阴掩映秋光冷，坐对丁栏月色笼。

那霸八景

奥山莺声

何处莺声一曲传，隔江千树奥山边。
绵蛮舌弄春风暖，好是携柑听暮烟。

落平清流

云根混混落平泉，千尺飞流碧海边。
疑是白虹寒涧饮，卢山风景并堪传。

通堂泊舟

江南江北水悠悠，贾舶渔船浅渚浮。
一笛梅花明月夜，能牵远客故乡愁。

住吉秋月

登临住吉一天秋，月印空江万里流。
吟榻能添斟酒兴，钟声临海送高楼。

那霸市场

阛市斜开那霸边，有无贸易此山廛。

日中共守神农教，龙断流风总不传。

松尾纳凉

为避炎威曲径中，千章老树绿成丛。
三庚畏日无从漏，酌酒敲诗趣不穷。

仲岛晚雨

经过中岛夕阳天，雨洒芭蕉碧色妍。
同醉金樽归去晚，一钩新月小桥边。

渡地弦歌

何处清新曲一声，前村渡地百花明。此地妓女所居。
绕梁余响行云遏，愁杀少年无限情。

病中上巳 四首

兰亭佳会乐无央，恨我萧然坐草堂。
风日晴和真足赏，遥知曲水引杯长。

恰遇清和上巳天，空窗卧病兴萧然。
羡他曲水流觞处，定觉悠悠趣似仙。

人集风和日暖天，我居草阁独愁牵。
歌声酒味来何处，定是山阴洛水边。

佳日重三坐画楼，病中不见景清幽。
和风拂处虽添爽，处处笙歌益引愁。

赏落日

暮云舒卷夕阳天，一片沉沉碧海边。
残影已移榆社去，余光犹向竹楼悬。
潮平浦口船初系，烟拂林梢鸟欲眠。
遥忆故人情不极，回头海角月娟娟。

赏残月

唱罢鸡声欲曙天，纤纤残月照窗前。
晶帘卷处辉全减，木柝敲时影尚悬。
银汉轮惊今夜缺，瑶台镜忆昨宵圆。
移时淡彩沉沧海，回首扶桑晓日妍。

仲秋赏月 三首

今宵月魂胜寻常，一片分明渐转廊。
银汉云痕千里净，长天夜色十分凉。
阶前已觉蓂阴满，户外时飘桂子香。
牛渚客应移短棹，南楼人欲玩胡床。
冰轮尽吐重重彩，玉镜还生面面光。
永夜空庭杯酒赏，吟髭捻断乐无央。

好是中秋月，团团分外明。
十分轮已满，五夜魄逾清。
露重人犹对，天寒鸟不惊。
吟哦樽酒处，百八送钟声。

佳节中秋万里晴，冰轮涌出十分明。
空庭皎皎宵如昼，太白金樽最足倾。

请辞与友赏月

曾语清夜赏月游，而今忽有采薪忧。
可怜彩焕三千界，独羡樽倾十二楼。
遥忆桂栏情脉脉，闲居茅舍思悠悠。
无聊漫把新诗咏，薄展凉宵一片愁。

月夜泛舟

良夜乘舟霸港中，夜光杯里月光融。
江头渐涨三篙浪，天上横吹一席风。
镜映画桡看皎洁，珠沉碧水漾玲珑。
遥思昔日浮槎客，直逐金波驾半空。

重阳有感 二首

今载还逢九日天，人生载酒上青巅。
如何我意多哀悼，风水悠悠泪似泉。

人登碧岭重阳节，我引忧心一叹时。
遥忆孟嘉当此日，相倾菊酒又题诗。

乙巳仲冬苦寒 二首

凛凛冬风拂曲栏，一堂团坐苦严寒。
富翁貉席真堪羡，贫士鹑衣不忍看。
木叶经霜红片片，山峰带雪白漫漫。
肌肤似裂愁无奈，酌酒千杯夜欲阑。

寒风拂拂落庭隅，路上行人尽叹吁。
已见江鱼潜密穴，更闻野雀恋孤雏。
千村沼渚冰生骨，万里郊原地裂肤。
却见人民呵冻里，竹松不与旧相殊。

和林公文澜访友不遇韵

旧雨相投一片心，几回无处不探寻。
物花有换愁肠断，坐对前村月下吟。

用古人寒食诗二句足之 二首

寒食春城日暮天，东风吹柳更吹烟。
舍南舍北同藏火，百五焚骸恨倍牵。

寒食春城日暮天，东风吹柳更吹烟。
纷纷甚雨千门寂，今岁愁肠胜去年。

忘年宴会口号

人生逢腊月，倾酒共忘年。俗称年忘游。
意气深投处，何须醒者传。

除夕书怀

如流日月年无与，今日除宵明日春。
行岁卅余垂四十，浑惭鹿鹿不才人。

甲寅腊月霰落 二首

今朝霰落如银米，点点争跳小院中。
不断窗前寒雀啅，围炉老少意忡忡。

知否贫家叹莫衣，为媒白雪几回飞。
栽庭十竹容无改，寂寞山林木叶稀。

丙午春雪 二首

寒气犹留暖未生，一天吹落雪轻盈。
林间却认梅花发，户外浑同月色明。
夹岸垂杨皆带白，千竿劲竹已迎晴。
丰年可卜贤君世，不惜琼瑶碎蒲城。

飞花六出早春天，盈尺先占大有年。
庭院频来风凛凛，帘栊似映月娟娟。
寒云乱卷梨花落，冷岸偏迷柳絮颠。
寸铁不持夸白战，闲吟六一几诗篇。

闻鸦声

晚来寂寞噪鸦翔，游子无时不忆乡。
断续几声寒牖里，飞扬万点画楼傍。
报秋乱集红林杪，结阵争啼皎月光。
知是闺中搔首处，怅然望返思茫茫。

月下闻笛

万里云晴月色明，远闻玉笛别情生。
梅花几曲声无断，独酌瑶觞欲五更。

泊舟即兴 四首

金飙几度早惊秋，声起芦花一带流。
知否他乡千里客，飘飘浑似水中鸥。

扁舟偶系蓼花洲，两岸猿声触旅愁。
落日西沉鸿雁过，不知为客到家不。

芦花江渚欲黄昏，烟雨迷濛水鸟喧。
多少人家何处所，寒灯几点隔溪村。

万籁声喧夜不眠，愁看海月画桡前。
茫茫野寺空林里，断续钟声到客船。

箱根山 二首

攀登峻岭众山迎，小鲁东山无限情。
咫尺天门如有语，即知瀑布落江声。

箱根山上势峥嵘，不度云烟四面横。
穷目球阳千里外，东方海月一轮清。

明石浦泊舟

白日依山半渚烟，猿声不断思凄然。
可怜恍惚枫桥景，山寺宵钟到客船。

登远帆楼

携手登临百尺楼，林风湖月两悠悠。
为池绿水山为院，更见沉浮一叶舟。

关清水

水绕孤村入海流，婵娟江月逐行舟。
回头故国知何处，漠漠白云去不留。

寄妾曲

妾在东西万里边，多情常惹夕阳天。
况思夜半床头语，恍见娇姿夜不眠。

答郎曲

一腔愁思梦魂飞，独倚斜阳玉泪挥。
偶解罗衣怜妾瘦，正同满月减清辉。

感物曲

一轮明月色鲜妍，物换星移万感牵。
人品人心殊不古，可师可法是前贤。

偶与张医士饮酒步韵即席 四首

浑如有约今朝会，酒兴诗情李谪仙。
醉卧樽前终夜乐，何时重订共高贤。

讵想今宵相遇处，倾樽同作酒中仙。
良医步韵多佳句，疑是当年杜甫贤。

曾闻术士能诗鲜，吾子文章正欲仙。
一斗百篇真可羡，奇才知不让前贤。

愧我雕虫才碌碌，羡君倚马句如仙。
今宵酌酒相酬和，可使流风绍七贤。

和答向先生谢招饮韵 二首

薄酒贫交不自由，相谈旧雨最消愁。
夜来月下微吟处，恍惚青莲醉未休。

金兰无处不招寻，偶语能开浅陋心。
对酌竹林寒月影，漏残五夜思弥深。

举盏邀明月 三首

举盏邀明月，婵娟出海东。
罗浮春独酌，对影乐无穷。

举盏邀明月，三人醉酒兵。
地天何笑我，贤圣浊还清。

举盏邀明月，何人乐意同。
幕天兼席地，大道此宵通。

落日满秋山 得峰字

西窗看落日，淡淡满晴峰。
影漾苍溟浪，光斜碧岭松。
千林黄叶散，万壑白云封。
回首东方际，玲珑月色浓。

人村环远岫 得峰字

人村何处是，缥缈绕遥峰。
境傍山千仞，门连岭万重。
岚光当户远，黛色映窗浓。
米老今如在，须教载酒从。

孤舟落照边 得中字

何处孤舟泛，微茫落照中。
片帆拖水碧，一叶带霞红。
掩映斜侵岸，沉浮半露蓬。
天涯游子意，缈缈与云同。

绝岛浮云外 得间字

放眸遥岛处，露出白云间。
练罩三山耸，罗拖一水环。
苍茫迷蜃气，叆叇混螺鬟。
倘借仙槎便，蓬莱去复还。

怀柔逢圣代 得光字

圣代怀柔广，山河尽觐光。
朝宗来万国，祭告并三王。
史志时巡美，神都效顺忙。
欣蒙恩泽渥，长此戴虞唐。

皇极本无私 得私字

巍然皇极道，荡荡本无私。
德合阴阳布，恩同雨露施。
则天原有象，配地又何疑。
欣遇唐虞世，梯航遍四陲。

彤庭褒好学 得褒字

彤庭悬异格，好学在荣褒。
欲列成行佩，须焚继晷膏。
十年磨铁砚，一旦换银袍。
孰解分阴惜，名标雁塔高。

鸡窗独火明 得明字

半夜鸡窗里，煌煌火独明。
含辉星一照，吐焰月三更。

邻舍勤穿壁，书生静对檠。
十年功不负，衣锦沐恩荣。

次白沙

夕阳山色入扁舟，极浦沙光逐水流。
天暗风寒眠不稳，前村渔火一灯幽。

江苏抚台赐宴感赋

大邦事小古犹今，万国梯航戴泽深。
圣代虽无阻声教，球阳片壤早归心。

示儿锡书

事不精勤岂有成，诗书熟读可成名。
今朝携汝长安去，未步云程历远程。

再游西湖 古称圣明湖

圣明湖旷水盈盈，妙笔荆关画不成。
当日游观吟未了，重临仙境寄余情。

尚谦（1824—1846）

尚灏王第五子，尚育王弟，称义村王子。因尚穆王之子天保无嗣，奏请以尚谦过继为子。任久志间切总地头、御系图奉行，道光二十五年（1845）奉命充谢恩使前往萨摩藩，其间有和歌与书法交流。尚谦亦擅汉诗，惜英年早逝，存诗无多。

莺花啼又笑

清晨卷箔赏春晴，花笑东风鸟又鸣。
有色有声争淑景，挥毫费我两番评。

竹篱

修竹编篱格浅深，扶桑尚足拂云阴。
许多麂眼窥明月，似对姮娥认古今。

贺某奉使赴闽

频衔简命赴闽中，恩典深沾气态雄。
数岁润躬时雨化，一言难尽别离衷。
舟随水伯三蒿水，帆趁风姨一席风。
王事贤劳心勿厌，非君谁克立奇功。

毛凤仪（生卒年不详）

称富川亲方，国王侍臣。道光年间，东国兴由国子监学成归国后，被尚育王任命为国学讲谈师匠，负责教育首里士族子弟。毛凤仪与东国兴时有唱酬，诗存于《琉球诗集》。另外，明代时亦有首里贵族名毛凤仪。册封使汪楫《中山沿革志》记曰，“王遣王舅毛凤仪及正议大夫阮国入谢，并以二使所却赆金上于朝，神宗命来使赍回”，“（万历）三十八年王遣王舅毛凤仪、长史金应魁急报倭警致缓贡期”云云，当注意区别。

闺词

箫声爱听凤凰腔，机上鸳鸯织得双。

欲向东风诉心事，却吹狂絮扑纱窗。

马建基（生卒年不详）

称和宇庆里之子。东国兴《琉球诗集》收录归国之后的诗作，半数是与马建基等人同题唱和之作，其内容为宫廷游宴、应制颂圣。

恭咏崎山御苑春日丹枫

径北径东锦万丛，蓬莱二月见丹枫。

霞妆不待秋风染，嫩叶才经春雨红。

仿佛花开唐苑杏，依稀霜落汉王宫。

天时相负何如此，都为君恩造化同。

喜晴

一雨经旬掩竹扉，今朝杖屦趁晴晖。

黑云叶尽天如洗，白日华开地始晞。

郭外群山迎客出，城头孤鹜带霞飞。
闲游不管林塘晚，赖有明蟾送我归。

恭咏御苑兰花

淡妆晔晔雪相同，自古名高百草中。
一雨移根南楚畹，千花承露北辰宫。
馨香可比明王德，清洁群钦君子风。
声价于今还十倍，宸章贯日玉玲珑。

禁中重阳恭志

采采茱萸秋已深，九重城上快登临。
雁排天上千行字，菊绽篱东万片金。
大濩清音开御宴，参军佳兴入宸吟。
雍容奉爵多词赋，都是南山献寿心。

赋得春游芳草地 得春字

郊原钟秀气，百草望中春。
喜着云双屐，相随友几人。
携尊乘逸兴，拾翠及良辰。
黛色连天合，岚光满地新。
与山伸一笑，飞盏过千巡。
雨至松张盖，风来柳拂茵。
莺花谁是主，烟景自留宾。
醉睡应求句，西堂有昔因。

向廷翼（生卒年不详）

喜舍场朝贤，汉文名向廷翼，首里大族。东国兴学成归国之后，与向廷翼、毛凤仪、马建基等人多有唱和，内容为宫廷游宴、应制颂圣。向廷翼诗作收录在《琉球诗集》中。

恭咏崎山御苑春日丹枫

御园春色里，烂漫有丹枫。
怪底叶如此，咏来花即同。
三棱宜剪彩，二月宛夸红。
画意滕王阁，霞光汉苑宫。
珠帘朝掩映，锦障夜玲珑。
非是清霜点，偏含暖日融。
恩波培养渥，造化制裁工。
酣醉醍醐酒，吹嘘澹荡风。
近看全似染，远望或疑烘。
地占蓬莱胜，天施雨露功。
输兰香一段，斗杏艳千丛。
琥珀林间毓，珊瑚海底笼。
丽应俦踯躅，凋岂共梧桐。
新梦商飙隔，浓阴辇路通。
吴江秋任冷，梁苑赋尤雄。

戊辰之秋，诏士大夫善诗歌者赋《御苑八景》，丹枫预焉。

作态邀仙仗，关心倚绮栊。
啼莺廊左右，狂蝶径西东。
谱在君芳外，荣超万木中。
停车吟未尽，珥笔思无穷。

声价谁堪比，宸篇拂彩虹。

木笔花 二首

嫩萼红于二月桃，朝来润露欲挥毫。
人间不少芳菲树，谁似管城声价高。

笔花何有等闲开，万管蒸霞傍凤台。
圣代嘉祥五云色，安知不是尔描来。

崎山别殿分植荔枝恭志

濛濛雨里始分根，嫩叶微阴傍玉轩。
寄语从今能结实，无孤培植圣明恩。

恭咏御苑兰花

移自深林傍玉除，猗猗素澹缀琼琚。
绝尘幽艳露滋处，满院清香风过初。
纫取堪成君子佩，吟来似与善人居。
栽培得地恩波渥，姹紫嫣红总不如。

禁中重阳恭志

鸡人三唱禁门开，剑佩趋跄献寿来。
曙色云浮鳷鹊观，钧天乐奏凤凰台。
满林红叶酣秋意，一朵黄花泛御杯。
深荷恩波欣奉颂，丹墀珥笔愧邹枚。

重阳日赋得老去悲秋强自宽

敢将衰鬓负佳期，九日登高举酒卮。
万壑千峰停晚景，黄花红叶弄秋姿。
老来犹有参军兴，醉里聊忘楚客悲。
胜迹龙山今视昔，此心唯合杖藜知。

老去爱梅花 二首

不觉年华逝，低垂白发斜。
余生无所觅，尽日对梅花。

堂上龙钟老，庭前绰约梅。
与花成性命，惟愿四时开。

辛未之冬刑官奏狱空敬赋俚律八韵奉颂

圣治超千古，仁恩抚四方。
俗新归素朴，刑措表嘉祥。
不学唐皇纵，焉劳夏后伤。
蓬蒿盈狴犴，雨露遍封疆。
蛰户吟全绝，春台乐自长。
官何烦五听，律只设三章。
果使民无讼，依然国有光。
颂扬忘固陋，愿奉万年觞。

飞花 二首

林园一夜起狂风，桃杏纷纷坠粉红。
只见辞枝飞上下，可怜随水散西东。

百花飞散上林枝，半点丹墀半绿池。
皂隶也知春可惜，墙阴拥帚立多时。

咏延秀苑凌霄花应教 二首

谁信上林春色残，缤纷霞影落朱栏。
飘飘恰有凌霄势，莫作群芳一样看。

千英万蕊带斜曛，白粉墙头引蔓纷。
若有乔柯许依托，孤标卓卓上青云。

毛启祥（？—1868）

同治七年（1868），奉命与葛兆庆、林世功、林世忠等人来华赴京求学。毛启祥还未抵京即病逝于途，故而《琉球诗录》《琉球诗课》没有收录他的诗作。今可据《琉球官生诗集》抄本得览一斑。《清史稿》载，“琉球入监官生毛启祥途中病故，赐恤银三百两”。

题武兄园林

名园常恨未曾窥，暇日徜徉慰所思。
远海波连天际阔，前山景入画中奇。
树深众鸟忘机在，荷净群鱼托性宜。
不必蓬莱真似此，游仙恰称谢公诗。

送王夫子还乡

担囊门下步而趋，一旦分襟千里途。
折柳匆匆催别思，谈经汲汲示宏模。
从前久坐春风暖，此后何堪夜梦孤。
珍重临歧承赠语，渊渊学海要探珠。

贺向兄弄璋之喜

盛世丹山产凤儿，盈庭佳客唱螽斯。
闻声知是真英物，异日高攀月桂枝。

秋怀

多情明月照匡床，梦醒却疑地上霜。
此夜那堪闻旅雁，声声频断九回肠。

步向兄与我饮酒元韵

偶逢知己到，一夜一樽同。
窗照溶溶月，襟披淡淡风。
三杯宽我意，四座感君衷。
漏滴将残处，灯花报喜中。
论文清兴在，投辖厚情通。
不借池塘梦，毫端吐白虹。

恭贺圣主膺封大庆

凤诏煌煌宠命优，膺封王爵冠公侯。
无私德化臣工洽，有道恩波内外流。
俗美时雍调玉烛，民安物阜固金瓯。
幸随鸳鹭班后行，拜手重赓旦复讴。

葛兆庆（生卒年不详）

同治年间，尚泰王遣毛启祥、葛兆庆、林世功、林世忠入学北京国子监。葛兆庆染病，卒于就学期间。《清史稿》载，“琉球入监官生葛兆庆病故，营葬张家湾，赐恤金如例”。国子监琉球官生教习徐榦，仿孙衣言《琉球诗录》《琉球诗课》之例，辑选官生诗作，加以评点，并付梓刊行，葛氏因早逝而未得入选。其诗作今见于抄本《琉球官生诗集》，流传较稀而颇显珍贵。

雨后偶题 三首

东风三日降甘霖，野老欣谈下尺深。
北陌南阡农事起，荷锄人过绿桑阴。

斑鸠声里雨如烟，处处人歌大有年。
想见当时贞观盛，民家斗米两三钱。

春风吹雨雨霏霏，晴后欣看稻乍肥。
向晓西畴方有事，绿桑枝上挂蓑衣。

寄从弟 六首选三

记自河梁送客舟，离情一日似三秋。
悄然试上层楼望，只见沧波万里流。

春花秋月共追欢，奈隔参商觌面难。
幸值南风鳞羽便，缄情一纸报平安。

鱼书雁信往来频，万里天涯若比邻。
珍重爱身如执玉，加衣加饭养精神。

逢故人

屈指参商五六年，一朝想见话前缘。
叨君偶以殷勤意，爱我频投锦绣笺。
三复调应同白雪，千秋才自溯青莲。
多情又引浮萍恨，何日重歌伐木篇。

过友人草堂

云霞仙路草堂开，裙屐招寻远俗埃。
碧柳门前人独立，夕阳村外客初来。
泉鸣涧石供诗料，月上山峰引酒杯。
不羡繁华金谷地，天然胜境即蓬莱。

送某贡使赴京

三山西望隔烟波，一旦君行可奈何。
忆昔趋庭陪鲤对，只今斟酒唱骊歌。

春风化雨前缘重，落日浮云别恨多。
恋恋攀辕留不住，河梁伫立泪滂沱。

林世功（1841—1880）

字子叙，久米村人。同治年间，受尚泰王派遣，与毛启祥、葛兆庆、林世忠入学国子监。三人均在华病逝，仅余林世功一人学成归国。教习徐榦辑选林世功与林世忠诗，刻成《琉球诗录》《琉球诗课》，并多有评语。蔡大鼎、林世功皆可谓琉球汉诗殿军人物。册封使林鸿年称许“其诗才笔清隽”。1876 年日本明治政府阻止琉球朝贡清廷，1879 年强行吞并，林世功、蔡大鼎与向德宏秘密来华，通报情势并寻求援助。复国无望之际，林世功留下绝命诗，自杀殉国，清廷予以厚葬。

都门秋日

蓼虫不言辛，春蚕不知老。
客游多苦悲，未若还家好。
八月晓风寒，吹我庭边草。
岂伊庭草衰，三年嗟远道。
远道本怀归，欲归胡不早。
曷为歧路闲，耿耿伤怀抱。

委屈绵至，即寻常语，读之使人叫绝，以其笔能赴情故耳。

春日游什刹海

湖边有秀色，终日含青空。
流光没晴景，玉镜春溶溶。
我心爱流水，潋滟摇春风。
沿溪玩绿草，花药闲幽丛。
路转清溪曲，竹树隐禅宫。
安知钟梵外，不与白云通。
落日忽将下，远岫烟濛濛。
行歌理归策，微月上帘栊。

澹远。

月夜登陶然亭怀堂兄世弼

夜静凉风生，月皎寒山碧。
寒山不见人，何以永兹夕。
时上陶然亭，相思球阳客。
球阳离京华，欲往川途隔。
玉露下青兰，幽花聊可摘。
无因远寄君，草虫鸣唧唧。

气味颇古。

夏日书怀

向夕敛微雨，残虹挂城头。
山色浓于染，槐荫翠欲流。
清风洒然至，爽气满驿楼。
蝉声在高树，双蝶穿花游。

门前人不到，客迹感萍浮。
独倾一樽酒，翻添离别忧。
欲取丝桐弹，知音不可求。
去年逢夏日，乘凉偕子由。
蕉衫并蒲扇，携手任去留。
一旦弃我去，生死隔明幽。
梦中见颜色，梦醒空悠悠。
唯有多情月，西窗伴客愁。

起二句佳，余亦清适。

京师得家书

辞家犹如昨，异地岁屡移。
凉风吹木叶，万里雁南飞。
飞雁去何速，游子尚未归。
故园回首望，云烟接海湄。
忆昔临别日，大母发如丝。
双亲夜深坐，对我意依依。
兄弟在我旁，小妹泪双垂。
弱女知我去，坐膝不肯离。
邻鸡声喔喔，仰观参辰稀。
舟子促行李，此际摧心脾。
拜亲不能言，去去从此辞。
梯航经山海，万里到京师。
京师与故里，各在天一涯。
天远望云处，日暮倚闾时。

欲归归未得，日夜梦魂驰。
忽接老亲书，开函跪读之。
书言一家安，别离勿复思。
今汝依璧水，多年湛露滋。
绛帐承提命，勉旃戒荒嬉。
置书翻流泪，回顾恋庭闱。
灯花何粲烂，皎月满书帏。
明年春风早，承恩出帝畿。
菽水欢有余，归着旧莱衣。

字字从肺腑流出，不事雕琢，自觉恻恻动人，此等诗正不必以工拙计也。

寄怀舍兄子常舍弟子衡

樽前曾一别，万里游幽燕。
宫阙何壮丽，王侯第宅连。
冠盖接踵至，车马争着鞭。
十丈轻尘软，黄云远接天。
相遇非旧识，容易感华颠。
薄暮城头望，回风卷夕烟。
平原衰草白，西山落日悬。
仰首无飞雁，尺素凭谁传。
故里扶桑外，极目沧海边。
海上生明月，千里影婵娟。
所思不可见，梦逐白云还。
昆弟欢且乐，高堂侍膝前。
采兰共朝夕，风雨对床眠。

念之心更苦，北游几经年。
信美非吾土，不如早言旋。
悢悢不能寐，临风一惘然。

"回风"五字卓然可观。

寄呈郑得寿、梁芝祥、梁超廷、郑世昌、蔡大谟诸师

少小接光仪，廿年师兼友。
执鞭每相从，感深情意厚。
戒我勿荒嬉，循循更善诱。
西窗夜未央，剪烛陪诗酒。
清谈胜管弦，春风满座右。
人世如浮萍，年来风尘走。
任重才不充，往往忧蚊负。
何况同志人，弃我归邱阜。
天涯寄一身，知音不复有。
挑灯对丝桐，怀人望牛斗。下国女牛分野。
凉风西北来，落月摇疏柳。
残蝉咽清秋，寒虫绕户牖。
愁肠日九回，谁慰离别久。
深夜立中庭，惆怅空搔首。

尚有情趣。

西山积雪

天地气严凝，出门行人少。
扑面朔风来，晴雪万家晓。
霞飞碧落间，日出扶桑表。

世界画图明，回头纵远眺。
一山蓟门西，积素何缥缈。
岭冻不流云，千里绝飞鸟。
何当登山顶，一望卅六岛。下国属岛有三十六。

塞上曲 二首

太原经百战，故里洒泪看。
平沙万里阔，饮马秋水寒。
朔风折衰草，古戍落日残。
筑城何时返，空使别离酸。

悲笳一声吹，征人尽起舞。
刀光掠鬓寒，明月悄无语。
瀚海阵云高，白骨堆边土。
健儿夸紫骝，酒酣思射虎。

颇有杜陵气息。

题《楚江烟雨图》

宋人侈桐柏，蜀客夸峨嵋。
江侯一展楚江卷，满堂烟雨久迷离。
南天万里云皆闭，君山十二峰俱灭。
鄂渚湘江共渺然，洞庭浪涌波如雪。
白首渔郎一叶舟，往来玉镜何超忽。
急雨天未洒衡巫，咫尺仍愁天宇裂。
五霞忽射金黛光，玉虹垂天素练长。
阴晴瞬息不敢料，鬼神欲泣天苍苍。

冯夷击鼓向空阔，猿狖挂罥遥相望。
楚山信崔嵬，楚水太渺茫，远欲从之道路长。
何如置身图画里，与君吟啸堪徜徉。

光怪陆离。

剑津有怀

风起白苹洲，沧波与客愁。
怀人将万里，去国且孤舟。
岭末猿声夕，江前雁影秋。
故园无限意，惆怅水东流。

挥洒自如，此境颇不易到。

江夕旅情

寒江不可泊，终夕起愁心。
况复凉风发，弥忧白发侵。
猿啼山月落，渔唱浦云深。
独客思难已，悠悠络纬吟。

曲折赴题，情景入妙。

经废寺

何岁青莲寺，萧条忽若兹。
山猿犹拾果，野鹿尚衔芝。
绀殿经残劫，香台只断碑。
昙花将宝树，无处不堪悲。

苍凉。

上巳同葛兄子章作

清明连上巳，无日不春风。
柳散千门碧，花飞九陌红。
与君同去国，远道羡归鸿。
应惜韶光好，西城跨紫骢。

游刃有余。

腊月十五夜望月

天末年华暮，愁看皎月流。
寒光连积雪，素影忆清秋。
异地谁青眼，高堂已白头。
何时归故里，早慰倚闾愁。

情真语挚。

寒灯

客舍三冬夜，萧条对短檠。
青藜留冷焰，黄卷展深更。
窗静梅横影，庭空竹弄声。
多情如骨肉，相伴到天明。

“窗静”五字确是寒灯。

山居

浮云围白屋，落日满青山。
倚枕听猿啸，开窗看鸟还。
药肥新雨后，松老碧峰间。

杯酒招樵子，相谈意自闲。

二联静细。

金山寺

天堑传京口，金山海作门。

中流高塔耸，夹寺怒潮奔。

清磬鱼龙起，洪涛岛屿吞。

六朝如短梦，往事不堪论。

收句余韵绕梁。

歌风台

逐鹿功成日，还乡击筑歌。

余氛销楚恶，约法罢秦苛。

汤沐山河古，欢情父老多。

回头悲项籍，事业竟如何。

浑括。

姑苏台

楚舞吴歌地，遗踪只古邱。

井梧飘暮雨，霸业付东流。

鹿走荒台夕，乌啼旧苑秋。

西江今夜月，曾照美人不。

字字凄凉。

卢沟晓月

一片卢沟月，多情照客行。
阑干分马色，村店度鸡声。
流水滔滔去，青山隐隐横。
停鞭遥望处，天半耸高城。

起超脱。

谢傅东山

风流怀谢傅，高卧此东山。
霖雨苍生慰，莺花水石闲。
闻筝频洒泪，折屐竟开颜。
遗爱今犹古，斯人不可攀。

“霖雨”十字浑括有议论。

庾信小园

寂寞人寰外，容身有敝庐。
名花三径满，落叶半床余。
风月关山冷，林泉梦想虚。
一篇枯树赋，凄怆意何如。

无限深情。

秦淮月

迢递征途晚，秦淮夜泊舟。
烟笼寒水暗，月照白沙秋。
关塞三更影，山河六代愁。
后庭花一曲，谁唱酒家楼。

有吊古意故佳。

木兰从军

军书来紫塞，叹息罢机声。
骏马求东市，蛾眉赋北征。
黄河闺梦远，边月铁衣明。
忠孝传巾帼，英风媲请缨。

不俗。

荷钱

闲游池沼畔，沿岸点新荷。
只道钱投水，谁言叶泛波。
溪山贫不识，风月价如何。
日暮乘凉处，清香满袖多。

咏物而不沾滞。

新蝉

饮露清如许，吟风暑不知。
一声孤磬远，万树夕阳迟。
有客频生感，无人识所思。
幽窗听寂寞，赢得鬓如丝。

次联格律在韦孟之间。

拟王维《山居秋暝》 二首

我屋终南下，秋来气转清。
经霜黄叶落，傍户白云生。
鸟悦山中性，泉流世外声。
偶逢林叟问，石径笑相迎。

闲门秋草绿，野径暮烟深。
山缺云来补，窗虚月自临。
遣怀消浊酒，寄兴抚孤琴。
无复邯郸梦，陶然坐竹阴。

警句颇似摩诘。

送贡使向大人文光、宗大人世爵归国五排一章

使星持玉节，万里到京畿。
才调相如重，声名博望稀。
衣冠随鹭序，咫尺仰龙威。
忽听骊歌唱，何堪别泪挥。
承恩纶有诏，拜赐锦为衣。

路向闽南指，人从冀北归。
客途明月满，故里白云飞。
此去无他祝，平安愿不违。

叙次不紊。

入学述怀

一统车书际盛平，梯航万里谒神京。
高依日月叨培植，近傍宫墙荷化成。
习礼才惭吴季子，观光名厕鲁诸生。
天恩深厚何时报，愿借南山祝圣明。

端庄合体，得意处似玉溪生。

寄呈蔡夫子 德昌

海邦儒雅大文章，忆昔鳣堂教育长。
霸水秋风曾挂席，燕山雨雪独凭床。
空思北海倾尊酒，遥祝南丰爇瓣香。
料得阴阴桃李盛，共沾时雨有余芳。

精神团聚。

拟杜工部《登楼》

落叶西风感远游，萧条残照上帘钩。
燕台秋色连关塞，蓟野云阴接驿楼。
万里身依天北极，三更梦落海东头。
恩波璧水深如此，肯为莼鲈动客愁。

起从相思说起，收从相思反收，结构严矣。而一种忠爱深情活现纸上，真不愧少陵嫡派。若第赏其音节，雄阔犹是皮相。

游隆福寺

频年海客滞京华，为访招提屡驻车。
松锁石阑飞法雨，秋深禅榻落天花。
香烟积溯先朝寺，金碧晴分北阙霞。
幽赏此中随步屐，一声钟磬夕阳斜。

有佳句。

秋日杂咏 二首

西风摇落木萧萧，游子天涯正寂寥。
红叶黄花秋色老，重山复水客程遥。
帘前归燕辞高阁，塞上征鸿度碧霄。
星使瞻天何日到，灵槎应泛霸江潮。

卷上珠帘独倚楼，天高海阔望悠悠。
梧桐影落摇斜月，蟋蟀声残咽暮秋。
孤枕频牵归里梦，多年应动倚闾愁。
何当尺素传金鲤，为报平安慰白头。

秀丽。

秋日高丽贡使朴珪寿、姜文馨、成彝镐过访，因成七律二首

带砺同盟列外藩，圆桥此日接高轩。
旧邦曾说传箕子，异地相逢纪蓟门。
共喜笔谭询土俗，不须菊蕊泛金樽。
我来请业君持节，咫尺均沾圣主恩。

鲰生问字谒成均，三见皇华证夙因。
腹有诗书人不俗，交无新旧意相亲。
东南海外同修贡，四百年前昔结邻。
笑语犹欣萍水遇，秋风莫忆故乡莼。

亲切有味。

腊月八日即事

负笈频年寄蓟门，不堪此日最销魂。
狂歌几处欣佳节，知己何人共绿樽。
异地岁华流水逝，满天风雪远山昏。
安能今夜同兄弟，粥奉高堂笑语温。

学成将归留别馆中助教文式周、博士通溥泉、徐伯英诸先生，兼呈徐小勿夫子

忽忽光阴岁屡更，春风反旆指南征。
五年木铎恩千载，三叠阳关泪一声。
璧水文澜摇别绪，卢沟晓月照归程。
炎天朔雪鸿来往，愿寄芳笺慰旧情。

一往情深。

园中雨霁

闲园芳草绿，春色雨初晴。
坐久梨花落，风前一蝶轻。

眼前生趣，妙手得之。

送友人回国 二首

连镳万里觐枫宸，忍向离筵饯故人。
好去不须难别我，重逢只隔数番春。

谁唱阳关三叠声，天涯送客客心惊。
羡君衣锦荣归早，先慰高堂白发情。

蔼然孝子之言。

纳凉词 二首

夜来新雨转回廊，乌帽青衫纳晚凉。
手执残书坐危石，流萤点点度高墙。

晚唐风味。

绿阴半亩映书帷，赤日行天午不知。
一榻茶烟清入画，晚来犹有雨催诗。

落叶

雨声频打万重林，半落阶前黄叶深。
寄语西风莫吹尽，留防冷气护巢禽。

得味外味。

寄呈王夫子承休、蔡夫子呈祚、魏夫子掌政 二首

天边万里独淹留，敢谓观光惬壮游。
回忆当年陪杖屦，客心相逐水东流。

酒杯难遣客中思，日暮城南策马迟。
惆怅游人归未得，春风草绿柳如丝。

清丽芊绵。

天宝宫人得宫字

往事思天宝，人犹说六宫。
地曾经凤辇，路尚忆蚕丛。
粉黛凋残后，笙歌想像中。
头吟今日白，颜记昔年红。
旧梦嗟何及，新妆笑未工。
上阳余皓月，南内起秋风。
镜蹙双眉瘦，花簪两鬓蓬。
凄凉闻杜宇，闲坐倚熏笼。

绵芊清丽。

林世忠（? —1870）

字子翼，久米村人，与林世功同批入学国子监，学业未竟而病卒于监。其诗今存于徐榦所辑《琉球诗课》《琉球诗录》，诗后有徐榦评语。

晚入护国寺

寻山不厌深，逶迤悦情性。
泠泠松下风，已度招提磬。
涧户寂无人，闲花落幽径。
山鸟下禅扉，落日群峰暝。
老僧道机闲，有动无非静。
妙梵留青天，夜久疏钟定。

“山鸟”十字有神韵。

仙潭飞鹤图

仙潭开玉镜，虚白写天容。
前山摇影翠，倒插千芙蓉。
素鹤白云间，飘摇下紫穹。
问言何所从，毋乃浮邱公。
一鸣秋水阔，万顷青濛濛。
我亦欲从之，汗漫凌方蓬。
刷羽忽飞去，雪影灭寒松。
潭光余逸响，华月上前峰。

机致自然。

杂诗

孟秋寒霜至，明月照我床。
竟夕不成寐，揽衣独彷徨。
凉风入罗帷，衣带自飘扬。
蟋蟀声何哀，北雁已南翔。
触物多所怀，游子隔河梁。
出户无所之，泣泪沾衣裳。
庭阶空伫立，感叹心内伤。

音节苍凉。

古风 十首选四

胡笳咽塞上，激烈多悲声。
蟋蟀入床下，幽怨发哀鸣。
触物多所怀，羁旅难为情。
昔见霜雪飞，今已桃李荣。
美人隔云端，我心如摇旌。
何时赋归来，欢笑慰生平。

秦帝昔按剑，诸侯尽西驰。
雄图犹未展，民力已先疲。
驱石下沧海，筑城防西夷。
征卒数万人，作桥竟何为。
但采长生药，岂惜农扈时。
江山不再传，秦皇何太痴。

黄河来天上，奔流直到海。
日月疾如梭，寒暑不相待。
少壮能几时，鬓发倏已改。
当时媚少年，美好岂长在。
对镜悲青丝，谁能长丰采。

凉风吹我衣，明月烛我床。
蝼蛄鸣空阶，络纬吟高堂。
愁夜不成寐，耿耿漏何长。
双星半明灭，银河隔中央。
天家好别离，盈盈一水旁。
终年不相见，幽怨结中肠。

虽未能胎息汉魏，而出笔修洁，亦自卓然可观。

拟左太冲《咏史》诗

历数汉朝士，子房真英雄。
状貌如女子，志气凌苍穹。
灭项以安刘，炳炳立其功。
功成身即退，皤然从赤松。
至今圯桥上，怀古想英风。
见首不见尾，变幻真神龙。

结有深意。

拟短歌行

人生如朝露，昼短苦夜长。
对酒发悲歌，身世多感伤。
良时容易逝，春华不再扬。
明月自生辉，秋蕙含幽芳。
乐极复悲来，蟋蟀鸣空房。
今我酌玉斝，欢戚两相忘。
年寿能几何，旭日照微霜。
富贵非所愿，秉烛醉高堂。

有真挚语。

题武夷画卷

高堂白昼起云烟，幔亭玉女青相连。
忽如置我仙山上，掉臂御风何泠然。
九曲溪水流潺湲，三十六峰晴露巅。
芝花瑶草犹翕艳，鸾车鹤驾何当旋。
仙君宴罢知何代，徒闻绛服升遥天。
金函玉蜕空岩秘，孰云二子非神仙。
笑倚刳木舟，欲向虹桥渡。
虹桥未可渡，仙君不知处。
恍惚云軿下紫空，眼前已觉步虚度。
我披此图兴未已，采药当从赤松子。
仙山可以得长生，何必蓬莱三万里。

矫健不群。

长相思

长相思，相思陇水流，良人万里役边州。
蟾蜍三足岂知愁，胡为堕我思妇，西北之高楼。
妾在高楼久频蹙，为君织锦丝断续。
明月皎皎愁人心，锦字当中丝一束。
东邻少妇罢鸣机，西邻戍客卷征衣，君独何为处沙碛。
夜夜明月使人悲。君不还，长相思。

情致缠绵，格律严谨。

丹阳舟夕

故国知何处，昊天万里长。
潮声喧极浦，树色入丹阳。
岸远洲如雪，沙寒月似霜。
忧来谁可诉，倚棹怨参商。

工于写景。

京口舟中

水国晴光满，春流绕曲阿。
风中啼鸟缓，雨后落花多。
越女工持楫，吴侬善唱歌。
白鸥闲自浴，几度点清波。

动合自然。

溪上晚晴

雨余溪色好，秋水澹无波。
隔浦低红树，遥村际绿莎。
浮云归鸟没，落日远蝉多。
此夕高邮宿，渔舟听棹歌。

情韵俱远。

七月十五夜看月忆家人

不信京华月，宵来转可怜。
望乡行忆汝，为客又三年。
鸿雁时将下，音书昨已传。
遥知小儿女，绕膝向灯前。

情致凄凉，令人不堪卒读。

寒渔

借问生涯事，烟波一叶舟。
蓑应披白雪，楫合泛中流。
短笛寒江上，残灯古渡头。
尘埃身世远，冷梦付闲鸥。

俊逸。

寒钟

钟楼何处是，扣送五更前。
响逐寒风远，声随落月圆。
惊回孤馆梦，摇破万家烟。
早起围炉坐，余音尚满天。

沉雄。

山居 二首

静领幽居趣，栖迟托好山。
春耕新雨后，晚枕白云间。
古径无人到，高松有鹤还。
闲情谁可问，竟日闭柴关。

尘外全无事，云深鸟不知。
花曾缘客扫，柳为待莺移。
砌下栽红药，生涯托紫芝。
往来无俗客，定与赤松期。

有逸致。

鼓山寺

瀑布飞来万壑鸣，苍松尽作海涛声。
亭边水色摇空入，寺里岚光隔岭明。
夜静久知群物息，僧闲已觉万缘轻。
萧然丈室忘尘境，直欲安禅过此生。

第二联诗中有画，写景极工。

钓龙台

何岁荒台枕废邱，至今草木尚堪愁。
英雄万古开闽越，王伯当时有项刘。
翠辇不回山月夜，白龙已去海云秋。
登临漫想持竿处，惟见沧江起暮鸥。

雄浑。

秋夜怀人

午夜高吟倍怆情，萧萧芦荻雁南征。
雨飞秋叶人无迹，潮落空江月有声。
估客帆樯闻短笛，中天觱篥泣长鲸。
燕京十月无消息，浊酒孤灯到五更。

清迥。

舟行

生怕危滩近钓矶，浪花喷雪讶烟霏。
帆如云影冲波度，橹挟潮声带雨飞。
两岸夕阳随浪转，半江山色入帘微。
西风一棹归何处，霜露斜沾客子衣。

晚唐音节。

秋晚

依依衰柳拂长堤，玉勒金鞍倦马蹄。
霞散半飘孤鹜外，日斜犹在小楼西。

客临古渡春芳歇，人到空山幽鸟啼。
枫叶醉霜秋色暮，停车石径晚风凄。

旷逸。

送贡使回国

持节遥来九译通，皇华不愧古英雄。
口承天语龙颜近，身傍香炉虎拜同。
一鹗风飞云以外，三能星朗海之东。
乘槎我送张骞返，学赋新诗句未工。

端庄杂流丽。

秋日怀同学诸友

别来不觉鬓催华，归意常思海上槎。
岁暮剑书人万里，城中砧杵月千家。
深宵曾剪西窗烛，秋雨同栽满径花。
二十年来金石契，空将梦想托蒹葭。

怀旧情深。

砧声

欲把寒衣寄远行，清砧竞捣月三更。
秋高绪触千家思，夜静愁添万里情。
料识深闺心力尽，空教孤枕梦魂惊。
无端别怨凭谁诉，独对残灯梦不成。

起二超妙。

都门送客

我从故乡来，君向故乡去。
乡月远随君，流光满春树。

有情趣。

送友人还乡

异乡同叹异乡身，剪烛床头意气亲。
无那回旌留不住，多情握手泪沾巾。

万里江山万里程，三千骑牡壮行旌。
劝君客路加餐饭，归去平安寄一声。

结有情致。

长廊步雨

一字推敲仔细商，几回珥笔步长廊。
潇潇帘外芭蕉雨，赢得秋心似水凉。

潇洒。

咏菊

点缀秋容更可怜，襟怀淡荡趣陶然。
品题未必归高士，我亦闲吟耸瘦肩。

供菊

手折金英玉露垂，胆瓶新插两三枝。
珊瑚架畔清香袅，分得秋光半入诗。

澹静。

明妃出塞 得妃字

忍使红颜去，君王别泪挥。
琵琶凄古塞，粉黛泣明妃。
葱岭前程是，荆门故里非。
佩声寒落月，旗影淡斜晖。
怨甚班团扇，怜同赵舞衣。
画留容漫省，金赎愿终违。
梦尚深宫绕，身难异域归。
千年青冢在，春草自芳菲。

“金赎”五字直攻题背，余亦清朗可诵。

参考文献

[1] 黄润华，薛英．国家图书馆藏琉球资料汇编［G］．北京：北京图书馆出版社，2000．

[2] 殷梦霞，贾贵荣．国家图书馆藏琉球资料续编［G］．北京：北京图书馆出版社，2002．

[3] 王菡．国家图书馆藏琉球资料三编［G］．北京：北京图书馆出版社，2006．

[4] 本书编委会．传世汉文琉球文献辑稿［G］．厦门：鹭江出版社，2012．

[5] 蔡铎，蔡温，郑秉哲．中山世谱［M］．袁家冬，校注．北京：中国文史出版社，2016．

[6] 高津孝，陈捷．琉球王国汉文文献集成［G］．上海：复旦大学出版社，2013．

[7]程顺则．中山诗文集[M]．上里贤一，校注．九州大学出版会，1998．

[8] 岛尻胜太郎．琉球汉诗选［M］．上里贤一，注．ひるぎ社，1990．

[9] 琉球船と首里・那覇を描いた绘画史料研究会．琉球船と首里・那覇を描いた绘画史料研究［M］．思文阁出版，2019．

[10] 岛村幸一．琉球船漂着者の闻书世界［M］．勉诚出版，2020．

后记

常见古人诗文集序跋中，有“予素不工诗，却来评诗”云云。如今于我，也可言素不懂诗，却来选诗。中国诗歌万千姿态、万千风情，域外汉诗更因杂染异国色彩而别具一格。去阅读、去理解，不是一件趣事吗?

诗中有无尽的悲喜，一半笑谈，一半泪语。多彩世界，造就了多彩篇章。当然，在这其中，诗人敏锐的感触，尤其是以所执五色笔，幻化出了另一个缤纷世界。它远在海角天涯，近在打开书衣的眼前。扬帆而来的诗人，跨越浩瀚的海洋和广袤的陆地，其别样见闻感受的书写，以汉文诗歌联结海陆，更体现人类行迹的延长，文明的延展。

常人印象中，东亚各国汉诗追摹中国诗歌，邯郸学步而流于浅薄。而正如奈良城仿照长安城样式建造，但谁又能否认它自身的历史文化价值呢? 《源氏物语》之于《长恨歌》，亦不待多言。事实上，可以说没有一首诗的创作可以机械套用所谓的模板。选择性受容和在地化趋向，始终是诗人不曾忽略的着力点，也应成为我们观照的着眼点。

诗选的编订，亦如此类。中国既为诗国，选诗传统历代不衰，诗歌选本为诗歌传播及其经典化贡献甚著。如诗歌创作有拟古派，诗歌选本也有旧体例可循。然而，明清小说家皆知有章回体，能创作出《红楼梦》之类经典宏著的有几人呢？如此可知形式小于内容的重要程度。诗歌选家，似乎不是创造者，只是聚柴薪、炒剩饭。事实上，在如何聚、炒什么、怎样炒等方面，选家都称得上是一个脑力劳动者，而非仅仅作为一个搬运工。

此记也半是真言，半是雅谑。如今一些人热衷于创造理论，欲放之四海皆准。理论研究是很有必要也很能赢得学术地位的。理论家往往坐在台上高谈阔论，光鲜亮丽；相比之下，文献研究者往往灰头土脸，沉默寡言。长期埋首于泛黄的故纸堆中，掸尘土，殚心力，然而还未必能出成果。编订此书，深有体会，故而不禁为业内同好“仗义执言”。

真挚谢意送给关注和支持本书编写、出版的各位师友。感谢严明师的策划、指导，也要感谢悉心收藏并慷慨提供珍稀文献的中日多家图书馆及其馆员，感谢前期影印出版有关文献的专家学者，感谢参与文字录入的几位师友，感谢家人的陪伴与支持。

限于学识水平、时间规绳和资料短缺，书中存在的错漏之处，尚请读者批评指正。

吴留营

辛丑年中秋后一日记于复旦公寓